ちあき電脳探偵社

北森 鴻

PHP
文芸文庫

○本表紙デザイン+ロゴ=川上成夫

もくじ

ブックデザイン・図版　モリサキデザイン
装画・挿絵　長崎訓子

桜並木《さくらなみき》と UFO《ユーフオー》事件《じけん》

さらさら髪《がみ》の女の子

その朝ぼくは『ふしぎ』に出会った。そして……。

「ひぃ～。遅《おく》れちゃうよぉ！　新学期そうそう遅刻《ちこく》なんてしたら、姫《ひめ》先生にきらわれる」

学校まで全力疾走《ぜんりょくしっそう》で十五分。

（ギリギリだぁ～）

それもこれもみ～んな親父《おやじ》がよくない。だって、朝仕事から帰ってくるなり、

「コウスケ、飯はできているか」

と、これだもん。刑事《けいじ》って仕事は大変だと思うけど、母さんが死んでからというもの、息子を家政婦《かせいふ》さんがわりにつかっているもんなぁ……。

ぼくのシャツの襟《えり》が、とつぜんグイッとつかまえられた。

「ねぇ、きみは桜町小《さくらまちしょう》の生徒さん」

声さえ聞かなきゃ、きっと怪獣《かいじゅう》につかまえられたと思ったにちがいない。ぼくの足は、道路から五十センチも持ち上げられていたもの。声の主《ぬし》は女の人だった。

「は、はなしてよう。学校に遅刻《ちこく》しちゃうってば。それに苦しい！」

心の中で、はなせ、おばさん！　とさけんだ瞬間《しゅんかん》、女の人はぼくの顔をのぞきこみ、

「今、心の中でおばさん、と言ったね」

と笑った。どきっ、どうしてわかったの？　あまりさからわないほうがいいかもしれない。

ぼくは首をつままれたネコのように、

「はい、たしかに桜町《さくらまち》小学校、三年二組の井沢《いざわ》コウスケですが、なにかご用でしょうか」

と、答えた。

「わたしはこういうものだけど」

女の人は名刺《めいし》をさしだした。こんなもの小学生に渡《わた》してどうするつもりだよ。

名刺《めいし》を見ると『少林寺拳法道場《しょうりんじけんぽうどうじょう》師範《しはん》・鷹坂《たかさか》ひなこ』と書いてある。もっともふりがながついていたからわかっただけだ。しはんって、先生のことだと思う。

「今度この町に引《ひ》っ越《こ》してきたの。娘《むすめ》も今日から桜町《さくらまち》小学校に転校するのだけど、いっしょに学校に連れていってくれない」

鷹坂《たかさか》ひなこさんの背中《せなか》からあらわれたのはさらさら髪《がみ》に小さな顔の女の子。にっこり笑うとえくぼができる。親父《おやじ》の好きなミステリーふうに言えば「天国的美少女」。

「鷹坂《たかさか》ちあきです。お願いします」

声《こえ》がまたかわいい！　ぼくの頭からは、遅刻《ちこく》という言葉がきれいに消えてしまっていた。

桜《さくら》殺人事件《さつじんじけん》??

学校では、たいへんな事件《じけん》が起きていた。

正門の前はすごい人だかり。その原因《げんいん》は一目《ひとめ》でわかる。

「ひどいよ、これ！」

思わずそうさけんでしまったほどだ。桜町《さくらまち》小学校の正門の前には、何十本もの桜《さくら》が植《う》えられている。その花のすべてが、なくなっていたんだ。花のついた枝《えだ》が、切られて地面にまきちらされていた。花のなくなった桜《さくら》はガイコツみたい。

今ごろは、ふとんの中で夢《ゆめ》を見ているはずの親父《おやじ》が来ていた。ほかにも制服《せいふく》の警察官《けいさつかん》が何人か。ぼくは、親父《おやじ》に近づき聞いてみた。

「どうしたの、いったい」

「わからん。いたずらにしてはひどすぎる」

後ろのほうで「警部《けいぶ》どの！」と、親父《おやじ》を呼《よ》ぶ声がした。制服《せいふく》の警察官《けいさつかん》がやってきて、

「こんなものが、向こうの木の根もとに！」

と言った。なんだか変わった貝がらの形をしたピンだった。

「フン！　ネクタイピンだな。形が変わっているが……」

こんな時の親父《おやじ》って、少しカッコいいと思う。

横を見ると、鷹坂《たかさか》ちあきが目をいっぱいに広げ、今にも泣きそうな声で、

「せっかく咲《さ》いた桜《さくら》が死んじゃった。こんなのひどい！……」

と、つぶやいた。

もちろん昼休みは大さわぎだ。

「これは事件《じけん》よ。桜殺人事件《さくらさつじんじけん》よ」

「桜《さくら》だから、殺人事件《さつじんじけん》じゃおかしいよ」

「おだまり！　この謎《なぞ》はわたしが解《と》いてみせる。じっちゃんの名にかけて」

かんだかい声でわめいているのは小椋《おぐら》カオル。おっと呼《よ》び捨《す》てになんかしちゃいけない。自分のことを「スーパーレディ」と呼《よ》んでいて、苦手《にがて》なタイプなんだなぁ。

もっとも、カオルのきげんの悪さの本当の原因《げんいん》は、鷹坂《たかさか》ちあきのせいだ。彼《かの》女《じょ》が、朝のホームルームで紹介《しょうかい》されたとたん、クラスの男子生徒の半分は、目の中にハートマークができてしまったくらいだもの。

そこへ、担任《たんにん》の姫岡《ひめおか》先生（ぼくたちは姫《ひめ》先生と呼《よ》んでいるけどね）がやってきた。

すぐにカオルが先生の所に飛んでいった。「先生、探偵《たんてい》クラブをわたし、作ります！」

「探偵《たんてい》クラブ？」

姫《ひめ》先生が目を丸くするのも、無理はない。けれどカオルはすこしもあわてず、

「とりあえず、今回の桜殺人事件《さくらさつじんじけん》の謎《なぞ》を、かならず解《と》いてみせます。それが

美少女探偵《たんてい》・小椋《おぐら》カオルの華麗《かれい》なデビュー、ホ〜ホホ！」

　カオルのまわりに数人の女の子が集まった。ははん、カオル専属《せんぞく》の少女探偵《たんてい》団《だん》のつもりらしい。

「それよりも困《こま》ったわ、手帳を落としたみたいなんだけど、ここになかった？」

「手帳って、いつも持っている赤いやつ？」

「そうなの、上着の胸《むね》ポケットに入《い》れておいたはずなのに」

　みんなで教室の床《ゆか》を探《さが》したけど、手帳は見つからなかった。その時だ。カオルが、

「ちょうどいい準備運動《じゅんびうんどう》だわ。わたしの頭脳《ずのう》のさえを見せてあげる。先生、手帳は体育館にあります。だって胸《むね》ポケットに入れた手帳は簡単《かんたん》に落ちないもの。先生はきっと体育館でジャンプをする運動、たとえばバスケットのようなものをしたにちがいありません。

　ああ、わたしってば、なんて天才なの！」

本人がひとりでもり上がっているところに、

「あのね小椋《おぐら》さん。わたしは体育館なんて行かなかったし、バスケットボールもしなかったの」

姫《ひめ》先生が、すまなそうに言った。当然、クラスはシーン！ そこへ小さな声で、

「あの……たぶん校長先生のお部屋に落ちていると思います」

鷹坂《たかさか》ちあきが言ったんだ。クラスの視線《しせん》が、いっせいに彼女《かのじょ》に集まった。

「どうして、校長先生の所に行ったことがわかったの？」

「上着の胸《むね》ポケットに入れた手帳は、上着をぬいでしまわないかぎりは落ちないでしょう。朝、校長先生の部屋にごあいさつに行ったとき、まだ暖房《だんぼう》が入っていました。四月なのにずいぶん寒がりなんだと思いました。あそこなら暑くて上着をぬいだだろう、と」

すぐに姫《ひめ》先生は校長室に行って、手帳を持って帰ってきた。クラスのみんなが、ちあきを尊敬《そんけい》のまなざしで見たことはいうまでもない。小椋《おぐら》カオルをのぞ

いてはね……。

放課後。家に帰ろうとするぼくの真後ろに、鷹坂《たかさか》ちあきがいた。

「どうしたの？」

「いっしょに帰ってくれませんか。この町のこと、ほとんど知らなくて……迷惑《めいわく》ですか？」

もちろん、迷惑《めいわく》であるはずがない。ただ……クラスの男子生徒の視線《しせん》が、あ、痛《いた》い。

桜《さくら》事件《じけん》のヒントは!?

ちあきの家は、四階建てのビルの一階と二階が道場。上が住まいになっている。

「ねえ、四階はどうなっているの」

親父《おやじ》にもよく言われるんだけど、ぼくは好奇心《こうきしん》がありすぎるみたいだ。少しでも秘密《ひみつ》のにおいがすると、それを探《さぐ》ってみないことには、ご飯がおいしくない。

「どっひゃ〜、すごいよこれ！」

四階に上がるなり、ぼくは言葉を失った。広いスペースいっぱいに、大きな機械が並んでいる。

「死んだ父が作り上げたスーパーコンピュータ。世界中からあらゆる情報《じょうほう》をとりよせ、まるで人がなにかを考えるみたいに、結論を出すことができるの」

コンピュータといえば、ゲームの機械ぐらいにしか思わなかったけど、そんなすごいものを作ったり、動かしたりする人がいるんだ。

「でも、画面がどこにもないよ」

画面がなきゃ、「星のカービィ」だってできないじゃないか。ちあきはにっこりと笑って言った。

「動かしてみますか」

ぼくの顔に、スキーのゴーグルを大きくしたような機械が取りつけられた。

そしてちあきの「ラン・オン！」という声。とたんにゴーグルの中に、新しい世界が広がった。それまで部屋の機械しか見えなかったのに、まるでコンピュータ画面の中にぼくが入りこんでしまったようだった。

「バーチャルシステム。ここまで完成されたものは、世界に一台だ」

えっ？　どこか声が変だった。

画面の中にちあきがあらわれた。ただし、ゲームに使われるポリゴンのちあきだ。よくできた人形みたいで、ちょっと変。

ぼくと同じゴーグルをつけている。

「これでわたしときみとは、同じコンピュータ世界を同時に見ることができるわけだ」

おいおい、どうしちゃったの。なんでこんな男みたいなしゃべり方をするの。

「気にするな。コンピュータの世界では男も女もない。それよりも井沢《いざわ》コウスケ。わたしとパートナーを組まないか」

「パートナー？」

「この事件《じけん》は、もっと奥《おく》が深い気がする。今朝《けさ》、桜《さくら》の根もとで見つかったネクタイピンだけど……」

「ぼくもどこかで見た気がする」

「あれは、博物館のマークでは？」

「そうだ。建物のマークと同じだ」

「な、この事件はまだまだ面白《おもしろ》くなるぞ」

（桜事件《さくらじけん》をちあきちゃんと追う）

ぼくには、なんだかさっぱりわからなかった。ひとつ確《たし》かなことは、きっとぼくはもう事件《じけん》からぬけ出せないだろう、ということだ。

ＵＦＯ《ユーフォー》があらわれた!?

月曜日の朝だった。同じクラスの谷川《たにがわ》ゲンキが、興奮《こうふん》しながらやってきた。

「おれさぁ、ついに見ちゃったよ。すごいものを」

「すごいものって？」

ぼくは思いっきり、無関心な顔を作って言った。だってゲンキったら、こちらが聞きたいと言うと絶対《ぜったい》に素直《すなお》にしゃべらないんだ。性格《せいかく》が、あまりよくない。

それに……。ぼくは後ろの席でクラスの女の子と話している、鷹坂《たかさか》ちあきのほうを見《み》た。

（ああして普通《ふつう》にしゃべっているちあきと、コンピュータの中のちあき、どちらが本当のちあきなんだろう）

鷹坂《たかさか》ちあきの家の四階には、部屋いっぱいの巨大《きょだい》コンピュータがある。彼女《かのじょ》の声によって（ボイス・コントロールというそうだ）機械《きかい》がスイッチ・オンされたとたん、彼女《かのじょ》は別人になる。男みたいな話し方で、

「おい、コウスケ」

と、これだもんなぁ……。

「おい、コウスケってば、聞いてんのか？」

ゲンキが、ぼくの背中《せなか》をこづいてきた。

「あ、ゴメン。聞いてなかった」

「だからぁ、おれは昨日《きのう》ＵＦＯ《ユーフォー》を見たんだってば！」

「ＵＦＯ《ユーフォー》!?」

それこそクラスは、はちの巣をつついたような大騒《おおさわ》ぎさ。たちまちゲンキとぼくのまわりに人だかりができた。

「ＵＦＯ《ユーフォー》って、どこで？　飛行機の見まちがいじゃないの」

「車のヘッドライトが、空の雲に映《うつ》ったものだって、テレビでやってたぞ」

いろいろなことをいろいろな人が言っても、ゲンキは平気な顔だった。

「だれがなんと言っても、あれはＵ・Ｆ・Ｏ《ユーフォー》」

今《いま》やクラスのスターとなったゲンキの話は、こうだ。

ゲンキの家は、学校の裏《うら》にある山の、反対側だ。昨日《きのう》の夜中、トイレに起きたゲンキは、裏山《うらやま》から光の玉が飛び上がるのを見たそうなんだ。

「それから光は左右にふらふらゆれながら、西のほうへ消えていったんだ。あれはUFO《ユーフォー》以外に考えられないって」

クラス全員がUFO《ユーフォー》は絶対《ぜったい》にいる、いないでまっぷたつに分かれたところへ、姫《ひめ》先生がやってきた。

「はぁい、授業《じゅぎょう》を始めるわよ。えっ？　UFO《ユーフォー》を本当に見たらどうするって。空飛《そらと》ぶ円盤《えんばん》だけに、そらぁブッとぶ、なんてね。きゃぁ〜大けっさく」

先生はやさしくて美人だけど、ギャグのセンスだけは、あまりないと思う、いや、全然ないかもしれない。うん。

桜《さくら》の花でなにを隠《かく》す？

「なにがUFO《ユーフォー》よ。非科学的《ひかがくてき》なんだから。それよりも、桜《さくら》の花を全部切った犯《はん》人《にん》を探《さが》すことのほうが大切なの！」

机《つくえ》をたたいているのは、小椋《おぐら》カオルだ。カオルは日に日に人気者になって

ゆくちあきにライバル心を燃《も》やしているらしい。どうやら、

「人気をとりもどすには、桜殺人事件《さくらさつじんじけん》の犯人《はんにん》を見つけること！」

と、他のクラスメイトに言っているとか。でもねぇ……。

「わたしは推理《すいり》したのよ。どうして、犯人《はんにん》は桜《さくら》の花を全部、切り落とさなきゃいけなかったのか」

「わかった、犯人《はんにん》は花屋よ。自分のお店で売るために花を切って……」

「でも、花はすべて地面に落ちていたのよ。かんじんな花をおいてくなんておかしいわ」

どうやらクラスは、桜《さくら》の花を切った犯人《はんにん》を探《さが》すグループと、ＵＦＯ《ユーフォー》の謎《なぞ》を追いかけるグループに分かれてしまったらしい。

カオルが、つかつかとちあきの所に歩いていった。

「ねぇ、ちあきさんはどう思う？」

「どうって、言われても……」

「あら、名探偵《めいたんてい》のちあきさんにも、わからないことがあるのかしら」

皮肉たっぷりの声だ。こういうのを「からむ」というんだろうな。

「有名な推理《すいり》小説《しょうせつ》に、こんな言葉があるのをご存《ぞん》じ？『木を隠《かく》すなら森の中、小石を隠《かく》すなら砂《すな》の中』というの。もしかしたら犯人《はんにん》は、地面にばらまかれた桜《さくら》の花で、なにかを隠《かく》そうとしたのではないかしら」

クラス全員に聞こえるような声で、小椋《おぐら》カオルはそう言った。そしてちあきがきょとんとしているのを見て、

「ちょっと、ちあきさんにはむずかしい謎《なぞ》だったかしら。ホ〜ホホッ」

と、笑いながら席にもどってしまった。

裏山《うらやま》を探検《たんけん》する⁉

ぼくは今、鷹坂《たかさか》ちあきの家にあるコンピュータの世界にいる。ぼくと彼女《かのじょ》はゴーグルのような機械をつけ、コンピュータの世界で話をしている。

「なぁ、コウスケはどう思う」

コンピュータの世界で、ポリゴンのちあきが言った。普段のかわいらしいちあきとちがって、この世界のちあきは男の子のような話し方をする。

「桜《さくら》の花の事件《じけん》かい？」

「それに、UFO《ユーフォー》。このふたつは本当に関係がないのかな」

「よくわからないな。やっぱり別べつだと思うけど」

ポリゴンちあきが、コンピュータの世界に作られた黒板を指さした。この世界のすべては、ちあきが「黒板開け」と命令するだけでOK《オーケイ》なのだ。

黒板に、古い白黒写真と、なんだか気持ちの悪い生物の写真があらわれた。

「今から四十八年前、アメリカのロズウェルという町に、謎《なぞ》の乗り物が墜落《ついらく》したという事件《じけん》があった。これがじつはUFO《ユーフォー》で、その時に宇宙人《うちゅうじん》の死体が空軍によってひそかに運びだされた、とも言われる。これが有名な『ロズウェル事件《じけん》』なんだ」

「ということは、ねえ、ちあきちゃんはUFO《ユーフォー》を信じているの」

「んー、本当のところはまるで信じていない」

「でも、UFO《ユーフォー》は世界中で発見されているよ」

「ほとんどは、他のものを見まちがえたものさ」

じつは裏山《うらやま》のUFO《ユーフォー》を見たのは、ゲンキだけじゃなかった。しかも先週の月曜日にも、同じところから飛び立っていたのだ。

「たとえば、さ。裏山《うらやま》に宇宙人《うちゅうじん》のヒミツ基地《きち》があるとか」

「どこかの悪い本の読みすぎ！　そんなものが本当にあったら、今ごろ大さわぎだ。それよりも、桜並木《さくらなみき》で見つかったネクタイピンが気になるな」

そうなんだ。花が切り取られた桜《さくら》の近くで、博物館のマークであるアンモナイト（古代の貝）のマークの入ったネクタイピンが見つかったんだ。親父《おやじ》も、どうしてそんなものが見つかったのか、まるでわからないらしい。

ポリゴンちあきが、コンピュータの世界のなかで首をかしげている。そして……。

「よし決めた！　来週の月曜日は裏山《うらやま》を探検《たんけん》しよう。もちろんコウスケも行くんだ」

「そんなぁ!!」

帰りぎわ、ちあきのお母さんで、少林寺拳法《しょうりんじけんぽう》の先生でもあるひなこさんが言った。

「コウスケ君、きみはもう少し体をきたえたほうがいいよ。どう、うちの道場に入門しない？」

ひなこさんの手が触《ふ》れた瞬間《しゅんかん》に、ぼくの体は空中に飛ばされていた。

「いったあ〜い！」

桜《さくら》の木の謎《なぞ》が解《と》けた

「父さん、今日は友達の家で勉強するから、少しおそくなる」

次の月曜日の朝、ぼくはまだふとんの中にいる親父《おやじ》に声をかけた。親父《おやじ》はこのところ、美術館や博物館で相次いでいるドロボウを追っているらしい。

「めずらしいな。雨がふらなきゃいいいが」

「そんなこと言ってると、グレちゃうよ」

「コウスケ、その時は、はんぱなグレかたをするんじゃないぞ。ちゃんと父さんの手がらになるような大きな犯罪《はんざい》をおこせよ。いいな」

これだもん、やってられない。学校に行く途中《とちゅう》、ちあきが言った。

「たいへんなんですね、コウスケ君のお父さんも」

「純金の仏像《ぶつぞう》とか、ダイヤの入った王冠《おうかん》なんかが盗《ぬす》まれるんだって」

もうすぐ花がすっかりなくなった桜並木《さくらなみき》だ。やっぱり花がないとさみしい。

「どうして桜《さくら》の花なんか……」

ちあきが、ふと一本の桜《さくら》の木の根もとで立ち止まった。

「コウスケ君、おかしいよ。この桜《さくら》だけ枝《えだ》を切ったあとがない！」

ほかの幹《みき》の桜《さくら》の花は、どれも枝《えだ》ごと切られていた。そう言われてみると、確《たし》かにこの一本だけは、どの枝《えだ》も切られたあとがないんだ。

「わたし、わかった気がする。どうして桜《さくら》の花が全部切られなきゃいけなかったか」

「えっ、本当？」

「考えてみて。桜並木《さくらなみき》の中で、この一本だけ花が咲《さ》かなかったら、だれだってヘンだと思うでしょう。犯人《はんにん》は、この桜《さくら》に人が注目しないように、ほかの桜《さくら》のすべての花を切り落としてしまったのよ！」

「どうして、この桜《さくら》だけ花が咲《さ》かなかったのさ。おかしいよ」

「たとえば、桜《さくら》の木の根もとになにかが埋《う》められていて、そのせいで木が弱って花が咲《さ》かなかったとしたら？」

「なにかって？」

「たとえば、美術館で盗《ぬす》まれたもの」

ぼくは、驚《おどろ》いてちあきを見た。なんだかすごいことになりそうだ。そしてちあきは、

「ＵＦＯ《ユーフォー》の謎《なぞ》も、解《と》けるかもしれない」

と言ったんだ!!

裏山《うらやま》にUFO《ユーフォー》が出たっ!!


「ぼくらはぁ〜、少年探偵団《たんていだん》♪」

調子はずれの歌を、突然《とつぜん》うたいはじめた谷川《たにがわ》ゲンキの口を、ぼくはふさいだ。

「静かにしろってば！」

「だって、だってコワすぎるじゃないかよぉ！」

すぐ後ろで、ちあきがクスクス笑っている。ちあきがいるからぼくも平気なふりをしているけど、本当はこわいんだ。

ゲンキのところで勉強をすると言って、家を出てきたぼくらは、学校の裏山《うらやま》にいる。あたりは真っ暗だ。ゲンキが持っている小さなライトだけじゃ、とてもたよりないんだ。

「学校の桜並木《さくらなみき》がみんな切られた事件《じけん》と、月曜日の夜にかぎって裏山《うらやま》にあらわれるＵＦＯ《ユーフォー》とは、どこかでつながっている」

そう言ったのは、スーパーコンピュータの中のポリゴンちあきだった。いまさら言うまでもないけれど、ゴーグルみたいな機械をつけ、コンピュータの世界に入りこんだちあきは、まるで性格《せいかく》が変わって、男のような話し方をする。おまけに、ぼくたちが思いもつかないような、すごい推理《すいり》を働かせるんだ。

「だからといって、どうしてゲンキまでついてくるんだよ」

と、ぼく。

「だってＵＦＯ《ユーフォー》を見つけたのは、ぼくなんだ。それにちあきちゃんが来るってのに、どうして家でじっとしていられるんだ？」

そんなこと知るもんか。はっきり言ってオジャマ虫なんだよねって、言おうとしてふりかえったぼくは、「ギャア～！」と、声をあげそうになった。ちあきの目が、赤く光ってロボットみたいなんだ。

「どひゃ～、なんだよそれ」

ゲンキが腰《こし》をぬかした。よく見ると、ちあきはコンピュータの世界に入るためのゴーグルを、いつのまにかつけていたんだ。

「フフフ、気にするな。赤外線スコープにもなるんだ、これは」

ちあきのしゃべり方が、変わっていた。ゲンキが、ぽかんと口を開けている。

「赤外線スコープって？」

「暗やみでも、昼間みたいにものを見ることができる機械だ。もちろん家のコンピュータともつながっていて、必要な情報《じょうほう》を受け取ることができる」

まったく、ちあきには驚《おどろ》かされることばかりだ。ぼくたちと同じ小学生だなんて、とても信じられないよ。彼女《かのじょ》のお父さんて、もしかしたら007《ゼロゼロセブン》・ジェームズボンドだったの？

その時だった。やぶのむこうに、光の玉が見えたんだ。

——UFO《ユーフォー》だ！

火の玉の正体は……

ぼくは、心臓《しんぞう》がドキドキして口から飛び出しそうになった。どうしよう、宇《う》宙人《ちゅうじん》と出会ったら、まず最初になんと言えばいいのだろう。

そんな問題じゃないかもしれないけど、とにかくぼくの頭はパニック状態《じょうたい》だ。

火の玉が、すぐ近くまできた。

「わぁ～！」

ゲンキがその場所から逃《に》げ出《だ》そうとした。ところが腰《こし》がぬけちゃったのか、ぺたんと座《すわ》ったまま、手足をばたばたさせるだけだった。といっても、ぼくだってゲンキを笑えない。どうにか立っていられたのは、ちあきの前でみっともない姿《すがた》を見せたくなかったからさ。

「キャア～!!」

相手の火の玉のほうからも、なんだか聞いたことのあるような悲鳴があがったんだ。

「ンンン？」

小椋《おぐら》カオルと、数人のクラスメイトが、目をまん丸くしながらこちらに近づいてきた。

「あ、あ、あなたたちこそ、どうして……」

口ではせいいっぱい強がりを言っているけど、かなり驚《おどろ》いたらしく、なんだかいつもの迫力《はくりょく》がない。火の玉に見えたのは、カオルの持っていたライトだったんだ。

「あれ、カオルはＵＦＯ《ユーフオー》には興味《きょうみ》がないって言ってたじゃないか」

「そ、それはそうだけど。やっぱり学校に起きた謎《なぞ》は、わたしたち探偵《たんてい》クラブが解決《かいけつ》しなきゃ、カッコつかないもん」

どうやら、桜事件《さくらじけん》の謎《なぞ》が解《と》けなくて、あせっているらしい。

「あっ」

と、ゲンキが大きな声をあげた。林のむこうに、さきほどとは比《くら》べものにならない大きさの、光の玉がふらふらとあがっていった。

「今度こそほんもののＵＦＯ《ユーフォー》だ！」

その場所にいた全員が、光のほうに走りだそうとした。けれど、

「待つんだ！　近づくとあぶない」

ちあきが、止めた。

犯人《はんにん》を見つけたぞ！

ちあきがつけていたゴーグルのような機械が、また赤く光って、

「ラン・オン！」

と小さく言った。家にあるスーパーコンピュータと、ゴーグルがつながったのだろう。

「暗証番号解読《あんしょうばんごうかいどく》……アクセス開始」

なんだかよくわからない言葉を、ちあきがつぶやくたびに、ゴーグルがチカチカと、光った。スーパーコンピュータは、すべてちあきの言葉で動くしくみになっている。きっと彼女《かのじょ》がなにか命令しているのだろうけど、ぼくにはさっぱりわからなかった。

「ちあきちゃん、いったい……」

「しっ。もう少しなんだ。あと少しで電力会社のコンピュータに入りこむことができる」

暗い空をちあきがにらむ。そして「OK《オーケイ》！」と言ったとたんに、すごいことが起きた。町中のライトというライトが、あっという間についてしまったんだ。それまで真っ暗だった空は、急に明るくなった。

「どうしたの、いったいなにが起こったんだよ」

と聞くと、ちあきが笑って、

「電力会社のコンピュータにしのびこんで、町中の電気をいっせいにつけるよう、命令したんだ。それよりも見ろ、コウスケ！」

空になにかが浮《う》かんでいた。もちろんＵＦＯ《ユーフォー》なんかじゃなかった。
空に浮《う》かんでいたのは、黒く色をぬった気球だった。あれが桜殺人事件《さくらさつじんじけん》の犯人《はんにん》？

「そして、博物館や美術館からつぎつぎと大切なものを盗《ぬす》んでいた、犯人《はんにん》でもある」と、ちあき……。

どうしてそんなすごいことを、平気な顔をして言えるの？　もしかしたら、目の前にいるのはとっても危険《きけん》な、悪人じゃないか。ここは見つからないように逃《に》げて、早くオヤジに知らせよう。そう思って、後ろをふりかえろうとしたとき、

「ハクション！」

くしゃみをしたのは、カオルだった。よりによって、どうしてこんなときに……。

桜《さくら》殺人事件解決《さつじんじけんかいけつ》

たちまち、暗やみのむこうから、

「だれだ、だれかいるぞ！」

何人かの、男たちの声がした。そして、すぐに乱暴《らんぼう》な足音が……。ぼくたちは絶体絶命《ぜったいぜつめい》だった。だけど男・井沢《いざわ》コウスケ、ちあきちゃんだけはかならず守ってみせる！　と、こぶしをにぎったそのとき……。

「さぁ、夜遊びをしてる悪い子たちの、おしおきタイムかな」

「そう、ついでにドロボウたちにも、キツイおしおきをしなきゃな」

ぼくには、そのふたつの声がまるで神様の声のように聞こえたよ。

「父さん！」

「お母さん！」

ぼくとちあきは同時にさけんでいた。いつのまにかオヤジが何人かの警察官《けいさつかん》を連れ、そして、ちあきのお母さんのひなこさんが、道場のお弟子さんを連れて、やってきていたんだ。たちまちあたりは、格闘《かくとう》ゲームの世界みたいな、大さわぎになった。

「急に家のスーパーコンピュータが動きだしたから、おかしいと思ったの。ちあき、あなたは知らないかもしれないけれど、その機械を持っていれば、あなたがどこにいてもわかるようになっているのよ。それで、すぐに井沢《いざわ》君のお父さんに電話をかけたのよ」

犯人《はんにん》のひとりを飛びげりしながら、ひなこさんが笑った。

翌日《よくじつ》、クラスは大さわぎだった。カオルが、まるで自分ひとりが犯人《はんにん》をつかまえたみたいに、クラスのみんなに話をしたからだ。

「ホ〜ホッホ、これからも学校の謎《なぞ》は、わたしたちの探偵《たんてい》クラブが解決《かいけつ》してみせるわ！」

それほど、単純《たんじゅん》な問題じゃないんだなぁ。あれからぼくらは、たっぷりとお説教をされてしまったんだから。

犯人《はんにん》たちは、美術館から盗《ぬす》んだものをまず桜《さくら》の根もとに隠《かく》しておいた。ところが埋《う》めた桜《さくら》の花が咲《さ》かないことに気がついて、それをごまかすためにあわてて、ほかの桜《さくら》の花まで切ってしまったのだそうだ。そして、盗《ぬす》んだものを取り出した犯人《はんにん》たちは、どこかに運び出そうとした。けれど、警察《けいさつ》の捜査《そうさ》がきびしく、車ではどこにも運べそうにないので、裏山《うらやま》から気球を飛ばしていたんだ。

えっ？　どうしてUFO《ユーフォー》は、月曜日の夜にしかあらわれなかったのかって。

それは、桜《さくら》の下で見つかったネクタイピンに関係がある。犯人《はんにん》のボスは、ナント！　博物館に勤《つと》めている男だったんだ。ピンはその男が落としたものだ。月曜日は博物館が休みの日というわけさ。

——でも、ちあきちゃんとなら、また事件《じけん》を解決《かいけつ》するのもいいな。

ぼくとちあきちゃんは、顔を見あわせて笑った。

さて、つぎはどんな事件《じけん》がぼくたちを待っているのだろう？

幽霊《ゆうれい》教室の怪人《かいじん》事件《じけん》

あかずの倉庫

それは夏休みを目の前にした、雨の日の朝だった。ぼくとちあきが教室に入ると、谷川《たにがわ》ゲンキのばかでかい声が聞こえた。

「だからさぁ、本当に出たんだってば！　あっコウスケ、事件《じけん》だ大事件《だいじけん》」

本当は興味《きょうみ》シンシンだったけど、ぼくは「ふうん」と気のない返事をかえす。そうしないとゲンキのやつ、もったいつけてなかなか話をしないんだもの。

「じれったいな、学校の裏庭《うらにわ》にある『あかずの倉庫』に幽霊《ゆうれい》が出たんだ」

「幽霊《ゆうれい》？　いつ出たの」

「幽霊《ゆうれい》が出るのは夜に決まっているさ」

ぼくは、ちあきを見た。彼女《かのじょ》の顔がぱっと明るくなって、この事件《じけん》に興味《きょうみ》を持ったことはたしかだ。

　ここで少し『あかずの倉庫』について、話しておこう。ぼくたちの学校の校《こう》舎《しゃ》は三階建てのコンクリートの建物がふたつ。A《エイ》校舎《こうしゃ》が一～三年生の教室、B《ビー》校舎《こうしゃ》が四～六年生の教室なんだ。そして体育館とプールがある。体育館の裏《うら》に小さな庭があって、そこにと～っても古い、小さな木造《もくぞう》の建物と、池があるんだ。

　これが『あかずの倉庫』。その名前のとおり、建物の中になにがあるのか、だれも知らない。うわさによれば、もう何十年も開《あ》けられたことがないのだぞうだ。たしかに幽霊《ゆうれい》や怪人《かいじん》が、別荘《べっそう》がわりに使っていても不思議のない建物なんだけどねぇ。いくらなんでも本物は出ないでしょ。

「幽霊《ゆうれい》の正体、わたしがあばいてみせる！」

　と、後ろのほうで声がした。もちろん見なくたって、声の主《ぬし》はわかっている。

「学校の事件《じけん》は、小椋《おぐら》カオルと美少女探偵団《たんていだん》におまかせよ！」

　あ、頭が少し痛《いた》くなってきた。小椋《おぐら》カオルがぼくとちあきのところにやって

きて、

「ちあきさん、今度こそ勝ってみせるわ」

と腕《うで》まくりをしてみせた。そこへ姫《ひめ》先生がやってきた。

「ハァイ、授業《じゅぎょう》を始めますよ。えっ？　幽霊《ゆうれい》を見た生徒がいるって。そんな霊界《れいかい》に住んでいるものを見たのは、だれぇかいい？　なんて、キャア〜けっさく」

先生はきっと、このギャグで友達をなくすにちがいない。

カオルの名推理《めいすいり》？

幽霊《ゆうれい》が出たのは、木曜日の午後八時ごろだった。四年生の田口《たぐち》君という男の子が、学校に忘《わす》れ物《もの》を取りに行った。その時、田口《たぐち》君は、とつぜん、

「ケエー！」

という、怪物《かいぶつ》みたいな声を聞いたんだ。ふつうなら逃《に》げるところだけど（ぼ

くだったら絶対《ぜったい》にそうしてる)、彼《かれ》は声のする裏庭《うらにわ》へ行ってみたそうだ。

「すると、倉庫の裏《うら》あたりに、あやしい霧《きり》がたちこめていたんだって」

「霧《きり》って、こんな暑い季節に?」

「だから不思議なんじゃないか」

放課後——。ゲンキのまわりにクラスのみんなが集まっていた。みんな、幽《ゆう》霊《れい》の話が聞きたかったんだ。

「そして、とつぜんまっ白な影《かげ》のようなものが走ってきて、倉庫の中へ消《き》えたんだ」

「なにかを見まちがえたんじゃないの?」

と、だれかが言った。すると、ゲンキはムキになって、

「ほかにも見た人がいるんだって! 同級生の原田《はらだ》タカシ。やつも学校に忘《わす》れ物《もの》をしていて、教室から同じ幽霊《ゆうれい》を見たんだって」

だけど裏庭《うらにわ》の倉庫の近くって、外灯もないんだよね。幽霊《ゆうれい》なんているはずがないから、見まちがいだろう。

「わかった！　幽霊《ゆうれい》の後ろには、とんでもない〝陰謀《いんぼう》〟が隠《かく》されているのよ」

カオルが立ち上がってさけんだ。

「陰謀《いんぼう》？」

「これは、倉庫のまわりに人が近寄《ちかよ》らないよう、だれかがしくんだことだわ」

そう言って、ちあきの前に立ち、

「ホ〜ホッホッホ。今回ばかりは、ちあきさんの出番はなくってよ」

と高笑《たかわら》いした。こいつの性格《せいかく》の悪さは、なんとかならないかな。

「あやしい霧《きり》は、音楽などのステージで使うスモークというガスよ。白い影《かげ》は、たぶんビデオの映像《えいぞう》を映《うつ》したものじゃないかしら」

「でもスクリーンがないよ」

「ホ〜ッホッホ、まったくのおばかさん。ガスをスクリーンのかわりにしたの。そうすれば映像《えいぞう》がぼやけて、かえって幽霊《ゆうれい》らしく見えるじゃないの」

ぼくは、ちょっと驚《おどろ》いた。カオルがこんなまともな推理《すいり》をするなんて。そっとちあきを見ると、小首《こくび》をかしげてなにかを考えているようすだった。

「でも、なぜそんなことをするの」

「そのヒミツは、あかずの倉庫にあるはず」

ふたりの目撃者《もくげきしゃ》？

「なぁコウスケ、キミはどう思《おも》う？」

ここはちあきの家の四階のコンピュータルームだ。ぼくらはゴーグルみたいな機械をつけ、コンピュータの世界に入っている。ここではちあきは、正真《しょうしん》正銘《しょうめい》のスーパーレディだ。世界中の情報《じょうほう》を受け取ったり、考えるコンピュータを使って、推理《すいり》をしたりする。

「今回はカオルの推理《すいり》が、いいところをついている気がするな」

「ウフフ、スモークを使って幽霊《ゆうれい》を作り出し、人を寄《よ》せつけないようにする、か。けれど、四年生の田口《たぐち》君はすぐ近くに寄《よ》ってみたぞ。そればかりじゃない、きっと今夜あたり美少女探偵団《たんていだん》が探検《たんけん》に向かうはずさ」

「あっ、ぼくもそう思う」

「ということは、幽霊《ゆうれい》を作った犯人《はんにん》は、とんでもないミスをおかしたことになるね」

「やっぱり、カオルの推理《すいり》はペケ？」

「問題は別のところにある気がするな」

そう言ってポリゴンちあきが右手をあげると、空中に文字があらわれた。

「これが最近、町で起きた事件《じけん》だ」

★児童公園《じどうこうえん》で、ゲートボールがもとでおじいちゃんたちの口げんか事件《じけん》
★ペットのペンギン脱走事件《だっそうじけん》
★学校のかべに落書き事件《じけん》

「つくづく、平和な町なんだなぁ」

「まったく。別に幽霊事件《ゆうれいじけん》につながるものは見つからないな」

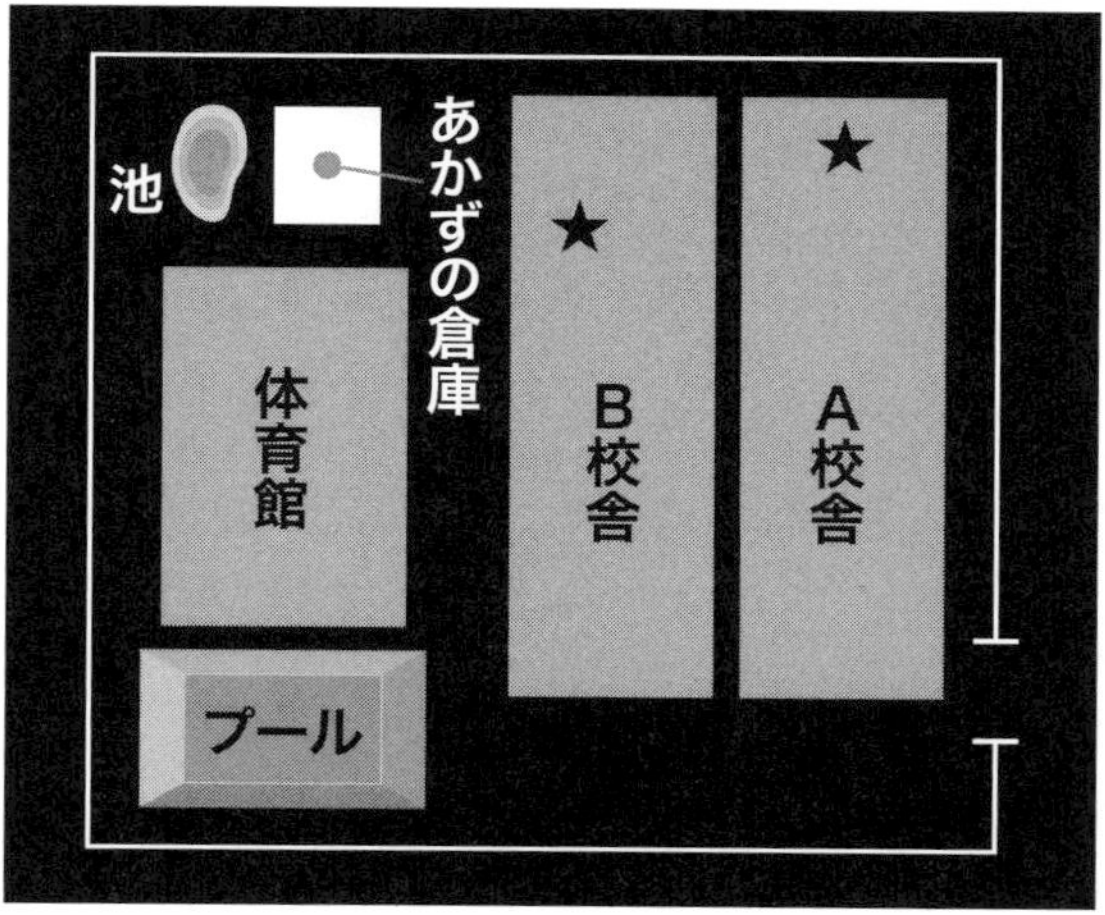

そう言って、今度はちあきは空中に絵を描《か》くような格好《かっこう》をした。すると学校の見取り図があらわれたんだ。

「ふたりの目撃者《もくげきしゃ》は、この位置にいた」

まずB校舎《ビーこうしゃ》に赤い星がつき、星は体育館のそばを通って倉庫の近くに向かった。これは田口《たぐち》君だ。もうひとつの星は原田《はらだ》タカシをしめしていて、A校舎《エイこうしゃ》についている。

「ふたりの目撃者《もくげきしゃ》が、同時に幽霊《ゆうれい》を見た……。おいコウスケ、われわれも学校に行ってみよう」

「ゲッ！　もしかしたら幽霊探《ゆうれいさが》し？」

「もっと別のことがわかるかもしれない」

こうして、ぼくらは夕方の学校へ向かった。

たからの地図《ちず》！

夕方といっても、もうすぐ暗くなる。こんな時間に、よりによって『あかずの倉庫』へ行くなんて。ま、ちあきとふたりだからかまわないけど。ところが、ふたりじゃなかった。ちあきの予想どおり、学校には小椋《おぐら》カオルと美少女探偵団《たんていだん》（？）、おまけにゲンキと、姫《ひめ》先生までいたんだ。

「あ～ら、ちあきさん。あなたもようやく、倉庫の謎《なぞ》に気がついたのかしら」

そんな皮肉にも、ちあきはにっこりと笑顔を見せただけだった。よけいに腹《はら》を立てたのか、カオルはなんだか古い鍵《かぎ》を、ぼくらの前につきつけた。

「これこそは、あかずの倉庫の謎《なぞ》を解《と》く必殺のアイテムよ！」

「ようするに、倉庫を開《あ》ける鍵《かぎ》なんですね」

ちあきの声に、カオルは顔を真《ま》っ赤《か》にして、

「まっ、そういう言い方もあるわね……」と言った。そして、くるりと倉庫のドアに向かい、古い鍵《かぎ》をドアにさしこんだ。

「鍵《かぎ》は校長先生が持っていらっしゃったのよ。わたしはそれを借りてきたので、ウフフ」

姫《ひめ》先生が少しこわそうに、けれどワクワクの興味《きょうみ》を見せて、こう言った。

中はものすごく暗い。だれかが懐中《かいちゅう》電灯の光を、倉庫の中に向けた。すると、そこにあらわれたのは……。

「なにこれ！」

それは古い教室だった。ううん、ただ古いだけじゃない、それはもう何十年も昔の教室だったんだ。机《つくえ》だって、ぼくたちが使っているスチールじゃない。いすも机《つくえ》もぶっとい木でできている。

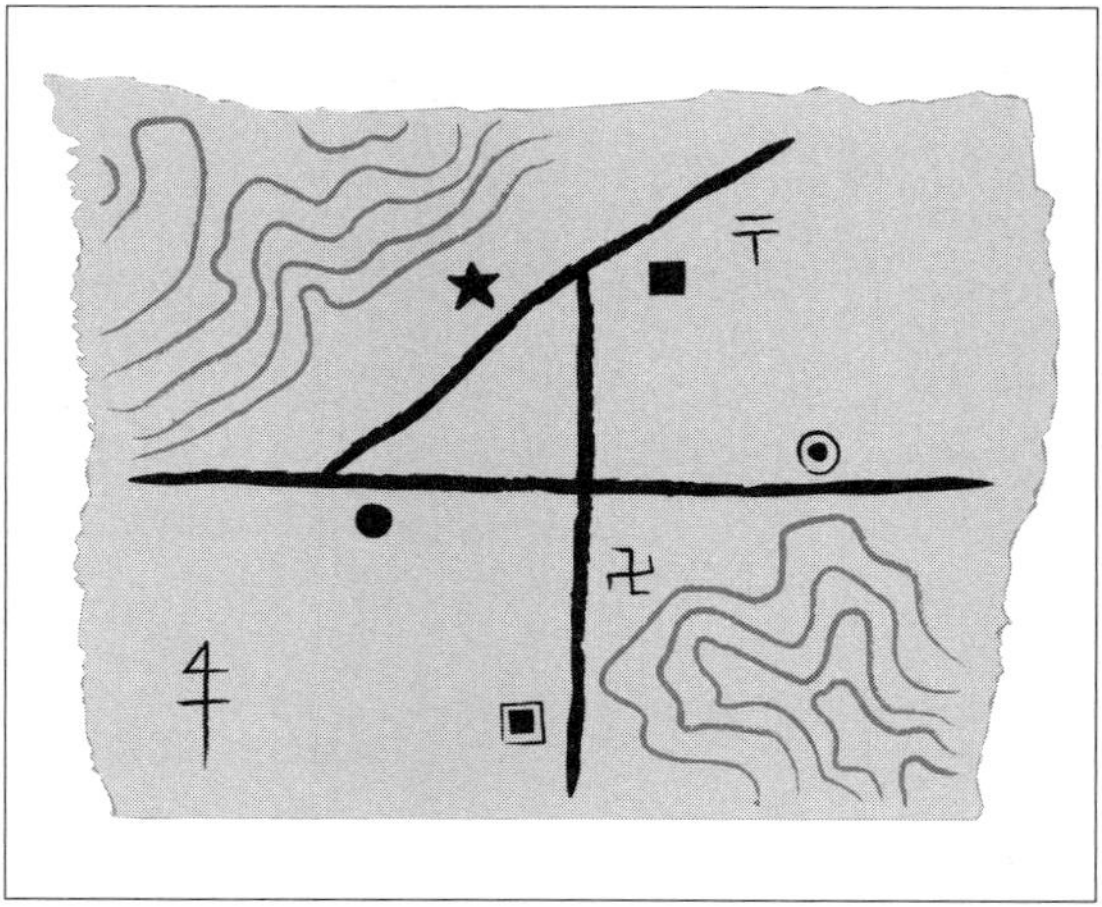

「どうしてこんなものが、ここに？」

姫《ひめ》先生がつぶやいた。先生が知らないようじゃ、ぼくらにわかるはずがない。

「あった、これよ、これがヒミツよ！」

勝ちほこった声で、カオルがなにかを頭の上でヒラヒラさせた。みんなの目がカオルに向けられた。

「これは地図よ。見て、裏《うら》になにか書いてあるわ」

それはぼくらの住む町の地図だ

った。といっても、大通りや町の神社などがおおざっぱに書いてあるだけのものだ。裏《うら》には、こう書かれてあった。

《千《せん》の右手からたからへ歩け。まじわる道は右手の先。顔は左に古き家のゆかをほれ》

たから（宝《たから》）だって！

地図を見つけたカオルも、姫《ひめ》先生も、もちろんゲンキもぼくも、びっくりして声も出なかったんだ。

名探偵《めいたんてい》カオル？

そりゃあ、例《れい》のたからものの地図が見つかってから、カオルの態度《たいど》のデカイこと。

「わたしに解《と》けない謎《なぞ》はないわ、わたしこそは学校のスーパーレディ、美少女探偵《たんてい》小椋《おぐら》カオルさまよぉ！」

もうすっかりクラスの女王さまだもの、こっちは少しおもしろくない。となりを見るとちあきはクスクス笑っているばかりだ。

「あとは、この地図の謎《なぞ》を解《と》くばかり。きっとあかずの倉庫で幽霊《ゆうれい》さわぎを起こした犯人《はんにん》は、この地図を探《さが》すのが、目的だったのよ。でも、この名探偵《めいたんてい》カオルが乗り出したのが、犯人《はんにん》の不幸よね。たからものはわたしが、いただきよ！」

あかずの倉庫は、じつは古い教室だった。そこから見つかった地図の裏《うら》にはこう書《か》いてあった。

《千《せん》の右手からたからへ歩け。まじわる道は右手の先。顔は左に古き家のゆかをほれ》

だいたい《千《せん》の右手》ってどういう意味なんだろう。それに地図には★マークや●マーク、◉マークといった、ふつう地図にはない記号もまじっているんだ。

「ねえ、コウスケくん」

ちあきが小さな声で言った。クラスは、地図に書かれた言葉の謎《なぞ》を解《と》こうと、みんなで知恵《ちえ》をしぼっている。

「ちょっと廊下《ろうか》に出てみない」

ドキッ、ちあきちゃんにそう言われたんじゃ「いやだ」と言えないに決まっている。まさか、まさか、こんなところで「わたしのボーイフレンドになってくれない？」なんて言われたら、そりゃぁうれしいけど困《こま》ってしまうじゃないか。ああ、許《ゆる》してくれクラスのみんな、ぼくがカッコよすぎるばかりに、キミたちからちあきをうばってしまう結果になるなんて。

ふたりで廊下《ろうか》に出るとすぐに、ちあきは校舎《こうしゃ》のはしのほうに歩いていった。

「？？？？？」

いちばんはしまで行って、

「やっぱりそうだ」

とつぶやいたんだ。

「やっぱりって？」

「ここからじゃ、どうがんばってもあかずの倉庫は見えないんです」

ぼくたち三年生のクラスは、すべてA校舎《エイこうしゃ》の三階にある。ここから例の倉庫を見ようとしてもB校舎《ビーこうしゃ》が目の前にあって見えるはずがない。

「でも、原田君《はらだ》は、ここから倉庫の幽霊《ゆうれい》を見たといったのでしょう？」

「あっ！」

そうだった。原田《はらだ》も学校に忘《わす》れ物《もの》を取りにきて、校舎《こうしゃ》の中から幽霊《ゆうれい》を見たと言ったんだった……。

地図《ちず》のヒミツ

「ちあきちゃん、どういうことなの？」

ぼくは、さっきのことが気になってしかたがなかった。

「つまり原田《はらだ》君は、幽霊《ゆうれい》なんて見なかったんじゃないか、と思っただけです」

だから、それはどうして。と聞こうとしたときに、ぼくの家の前についた。

ちあきが「じゃぁ」といって帰ると同時に、

「おおい！　だれか、コウスケはどこだ！」

家の中から、どこかで聞いたことのある悲鳴が聞こえた。どこかで聞いたことがあるどころじゃない、ぼくの親父《おやじ》、桜町署《さくらまちしょ》の刑事《けいじ》である井沢《いざわ》シンスケの声だった。

「どうしたの！　父さん」

家にかけこむと、小椋《おぐら》カオルとその仲間たちがおしかけていた。手に手に大きなスコップを持って。

「コウスケ！　わたしはこの優秀《ゆうしゅう》な頭脳《ずのう》でもって、ついに地図のヒミツを解《と》きあかしたのよ。んだからもって、これからあんたの家の床下《ゆかした》を掘《ほ》らしてもらうわ」

「んだからもって？　いったいどういうわけさ」

「ホ〜ッホッホッホ、コウスケのおばかさん頭にはちょっとむつかしい謎《なぞ》だったかしら」

「な、なんだよ。じゃぁ地図の裏に書かれた言葉の謎《なぞ》が、解《と》けたって？」

「イエ〜ス。わたしに解《と》けない謎《なぞ》はない！」

カオルが、カバンから地図を取り出した。

「最初の《千《せん》の右手》という言葉の意味さえわかれば、あとはカンタンだったのよ」

ぼくもそう思っていた。でもどうしてもわからなかったんだ。

「いいこと、この《千《せん》》というのは、地図の中にあるお寺の記号（卍）のことなのよ」

「そうか、あのお寺の名前は……」

「千本寺《せんぼんじ》。これで決まりよ。お寺を背中《せなか》にして右に歩くとすぐに交差点につくわ。これが《まじわる道》よ、ここを右に曲がり、そのまま左をむいて歩くと」

ちょうど地図に◉マークが入ったところ。そうだ、ちょうどぼくんちがあるところじゃないか。

「このあたりでいちばん古くて、ばっちい家といえば……」

ほっといてくれ。そりゃあうちはヒイおじいちゃんの代からここに住んでいて、家も古いけどさ。

「つまり、この家の床下《ゆかした》に、たからものが隠《かく》されているというわけよ。おわかり？」

ぼくは親父《おやじ》を見た。

「本当なの？」

「ナイ、ナイ、そんなものが埋《う》まっていたら、とっくにきれいに家を建てなおしているって」

「そりゃぁそうだろうなぁ」

ぼくはつくづくと自分の家を見た。これくらい古くてボロいと、ナントカ鑑《かん》定団《ていだん》が来てくれるかもしれないと思えるほど、見事に古い。と、家の中から別の人が出てきた。

「ひなこさん！」

それは、ちあきのお母さん、拳法《けんぽう》の達人でもある鷹坂《たかさか》ひなこさんだった。とたんに親父《おやじ》がバツの悪そうな顔になった。

「んっと、つまりこのあいだの事件《じけん》（桜並木《さくらなみき》とUFO《ユーフォー》事件《じけん》）で知り合ってだな、今日ぐうぜんに町であったものだから。そしたら、まぁ話があって……」

そうこうするあいだにも、カオルたちは今にもスコップで家の横を掘《ほ》りだそうとしていた。そのスコップをひょいと、ひなこさんが取り上げ、

「よろしくね、わたしちあきの母です」

と言ったら、さすがのカオルもなにも言えなくなってしまった。

本当の謎《なぞ》

ぼくは、ちあきとコンピュータの世界にいた。あれからしぶしぶカオルたちが帰ったあと、おやじとぼくは「うちで食事でもどうですか」とひなこさんに誘《さそ》われたというわけだ。そのあとでいつものようにスーパーコンピュータの作

るバーチャル世界に入ったんだ。

「ずいぶん大変だったようだな、コウスケ」

「大変なんてものじゃない。あやうく家をこわされそうになったんだから」

「ハハハ、でも美少女探偵団《たんていだん》のメンバーも、なかなかいい推理《すいり》をしたんだな」

「ちあきちゃんには解《と》けたの？」

「あんなものは、謎《なぞ》でもなんでもないさ。ホラッ」

ポリゴンちあきが指をぱちんと鳴らすと、コンピュータの世界に例のたからの地図があらわれた。

「スタートの場所をまちがえたんだ。つまり《千《せん》の右手》の意味をカオルくんたちはまちがえた。この地図を見てなにか気がつかないか？」

と言われても、ぼくにはわかるはずがないじゃないか。

「地図に書かれた道路だよ。よく見ると漢字の《千《せん》》という字に見えるだろう」

「あっ！」

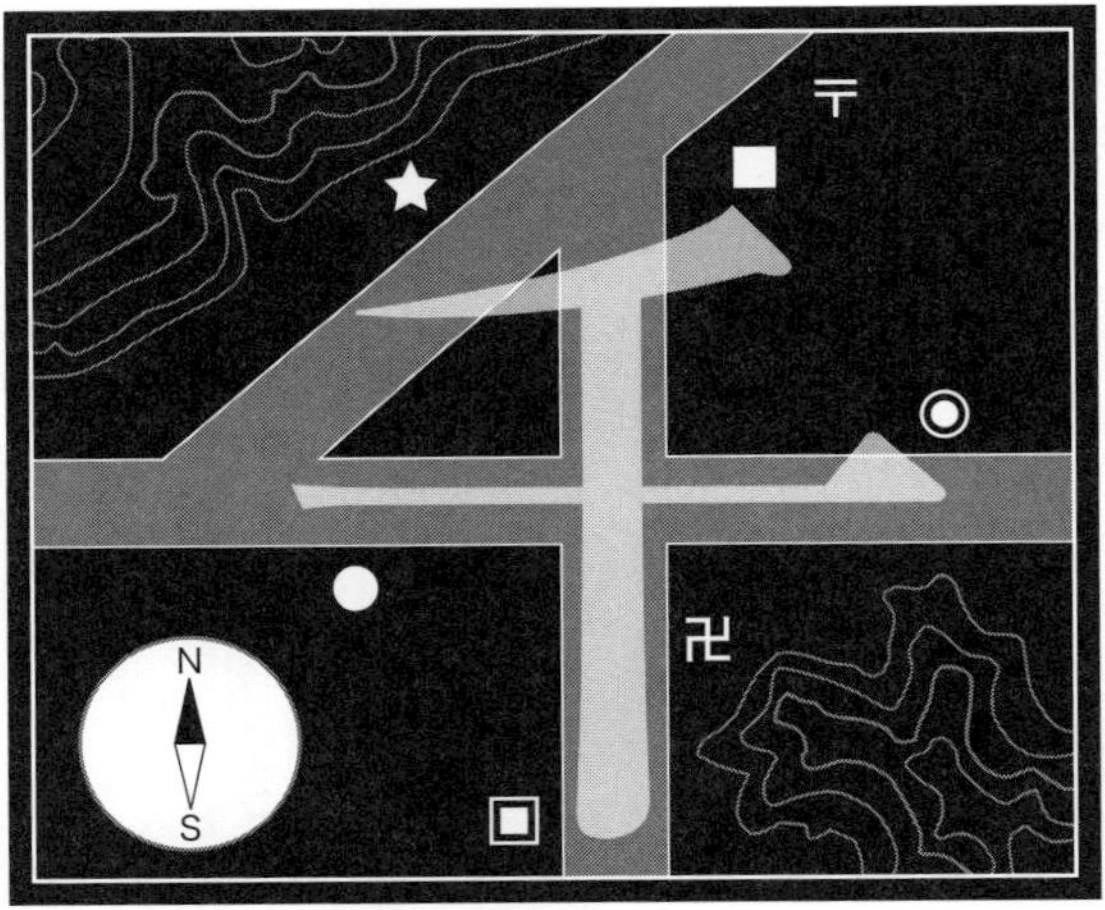

「だから地図に書かれた道の右はしから進めばよかったんだ。あとは美少女探偵団《たんていだん》の推理《すいり》のとおりだ。交差点を右に曲がり、左を見たまま真っすぐに歩《ある》くと」

そこには★マークがあった。そう、ぼくらの桜町《さくらまち》小学校があるところだ。

「そうか、学校で古い建物というと、あの倉庫のことなんだ！」

「大正解《だいせいかい》、ところでコウスケ。最近も暑い日が続いているよなぁ」

どうして、急に天気の話なんてするんだろう。

「やっと幽霊事件《ゆうれいじけん》の謎《なぞ》が解《と》けた気がするんだ」

「それと、最近暑い日が続くことと、なんの関係があるのさ」

「関係は、ものすごくある。こんな実験を見たことがないか？　ドライアイスを水に入れると、霧《きり》そっくりなものができる」

そういえば、アイスクリームを買ってきたときについてきた、ドライアイスで遊んだことがあったっけ。うん、たしかにある。

「たとえばこんな暑い日でも、水の温度がとても冷たくなると、霧《きり》は起きるそうだ」

「もしかしたら、幽霊《ゆうれい》といっしょに目撃《もくげき》された霧《きり》は……」

「ドライアイスでなくても、氷を倉庫の近くの池に入れると、霧《きり》みたいなものができるんじゃないかな。そう考えると、ばけもののさけび声も、うまく説明がつくはずなんだ」

ポリゴンちあきが「フフフ」と笑った。

「たぶん明日《あした》、幽霊《ゆうれい》の正体を見ることができると思うよ。そう、これだけ暑い日が続いているんだ、あすにはきっと幽霊《ゆうれい》はあらわれるにちがいない」

よほど幽霊《ゆうれい》は暑がりなのかな？　ぼくにはさっぱりわからなかった。

出てこい、幽霊《ゆうれい》！

ひゃ〜っほ〜い！　みんな夏休みは元気ですごしているかなぁ。もちろんぼくらは、元気、ゲンキでワックワクの夏休みだよ。

なんてったって、ぼくらの学校にある「あかずの倉庫」で幽霊《ゆうれい》さわぎはあるわ、倉庫の中からたからの地図は見つかるわで、もう大さわぎ。で、

「幽霊《ゆうれい》は、かならずまたあらわれる」

という、ちあきの言葉を信じて、ぼくとゲンキ、そしてちあきは学校にやってきているんだ。ただ今、夜の八時だ。夜遊びでしかられないかって？　大《だい》丈夫《じょうぶ》さ、だって姫《ひめ》先生もいっしょにいるんだもの。先生ってば、こわがりのくせに好奇心《こうきしん》があふれちゃってるものだから、ついてきてくれたんだ。ぼくた

ちは教室で幽霊《ゆうれい》を待っていた。

「きゃぁ〜、なんでこんなに蚊《か》が多いのよぉ！」

教室の外で、悲鳴が聞《き》こえた。おっと、忘《わす》れちゃいけなかった。ここにいるのはぼくたちだけじゃなかったんだ。わがクラスの美少女探偵団《たんていだん》（と言ってるのは、本人だけなんだけど）、小椋《おぐら》カオルたちも幽霊《ゆうれい》を待ちかまえている。もっともカオルたちは、外で待っているから、とうぜんヤブ蚊《か》におそわれているというわけ。

「それにしても、ちあきさんはすごいわね」

と、姫《ひめ》先生。ぼくとゲンキは、自分がほめられているみたいにうれしくなった。だって、ぼくたちは学校のあちこちに赤外線のセンサーを取りつけているから、表で待つ必要はない。だれかが学校にあらわれると、このセンサーが教えてくれるんだ。もちろん、これは家のスーパーコンピュータを使ってちあきが作ったものだ。

ちあきはというと、さきほどからコンピュータにつながる、ゴーグルみたい

な機械をつけている。その姿《すがた》にようやく慣《な》れたのか、

「いいなぁ、ぼくも一度入ってみたいよ。そのコンピュータのバーチャル世界に」

ゲンキが不満《ふまん》そうに言《い》った。やくな、やくな。いくらぼくがちあきと仲がよすぎるからって。

「ねぇ、ちあきちゃん。まさか今度の幽霊《ゆうれい》の正体もまた、ドロボウとか誘拐犯《ゆうかいはん》なんてことはないよね」

ぼくは聞いてみた。この間の桜事件《さくらじけん》みたくピンチになっても、今度は刑事《けいじ》の父さんも、少林寺拳法《しょうりんじけんぽう》の達人のひなこさんも助けてはくれない。だって、

「今夜はひなこさんと食事だからな。おまえはてきとうにラーメンでも食べていてくれ」

そう言って父さん、めいっぱいおシャレをして、スキップをふみながら出かけていったもの。最近《さいきん》、あのふたりは少《すこ》し、ヘン。これでふたりが結婚《けっこん》したら、ぼくとちあきちゃんはきょうだいになってしまうんだ。それはこまる、絶《ぜっ》

対《たい》にこまる！

そのときだ。

「センサーにひっかかった！」

ちあきが小さな声で言ったんだ。ぼくの心臓《しんぞう》が、急に早くなりはじめた。

「行こう！」

いよいよ幽霊《ゆうれい》の正体がわかるんだ。ぼくたちは教室の外に出ていった。

意外や、意外？

「ほら、やっぱり。池のまわりの温度が下がっているわ！」

ちあきが言った。ぼくたちにはよくわからないけれど、コンピュータで事件《じけん》を推理《すいり》したちあきは、そんなことまでわかるらしい。

「池のまわりの温度が下がるとどうなるの？」

「フフフ……幽霊《ゆうれい》が、あらわれるはずよ」

ちあきは楽しくてしかたがないみたいだ。もし、これが本物の幽霊《ゆうれい》だったら、ぼくたちはどうなるの？

「ねぇ、わたしいちおう、十字架《じゅうじか》を持ってきたんだけど」

姫《ひめ》先生がポケットから銀の十字架《じゅうじか》を取り出した。と思ったら、今度はゲンキが、

「ぼくは、家《いえ》の仏壇《ぶつだん》から、ばあちゃんの位牌《いはい》とじゅずを……」

「まぁ、ゲンキくんナイス！　これで大丈夫《だいじょうぶ》ね」

なにが大丈夫《だいじょうぶ》かよくわからないけど、先生もゲンキも少しお気楽すぎるんじゃないの？

校舎《こうしゃ》の裏《うら》にまわると、なんだかおかしな空気が流れているような気がした。

なんだか肌《はだ》に冷たい風があたって……。

「コウスケ、霧《きり》だ！」

ゲンキがふるえる声で言った。たしかに「あかずの倉庫」のまわりには、うすい霧《きり》がたちこめていた。まずいよ、ちあきちゃん。こんな場面って、たしか

ホラー映画《えいが》で見たことがある。きっと霧《きり》の中から怪人《かいじん》があらわれて、ぼくたちにおそいかかるにちがいないもの。

「きゃぁ～、助けて！　なにも見えないわ、真っ暗でなにも見えないのよ～」

姫《ひめ》先生が、さけび声をあげた。そりゃぁ、先生はなにも見えないはずさ。

「先生、自分の手で目を隠《かく》していますよ」

と、言おうとしたが、続いてゲンキの、

「で、で、出たぁ！」

という声。そしてまるでこの世のものとも思えないような、

「クウェ～、クウェッ、クウェッ」

というさけび声があがったんだ。

ほ、本当に出た！　池の中から、白い化物《ばけもの》があらわれて走っていった。すると今度は、倉庫の反対側から

「ギャア～」

という声。すぐに小椋《おぐら》カオルと美少女探偵団《たんていだん》が飛び出してきた。その後ろ

を、白い化物《ばけもの》が追いかけている。カオルたちにはもうしわけないけれど、ぼくは少しほっとしていた。

「化物《ばけもの》よ、幽霊《ゆうれい》よ、ゾンビよ、エイリアンよぉ～」

「殺されるぅ！　たたられる！」

「ここで死んだら、死ぬまでうらんでやるぅ！」

カオルたちが、頭の上でなにかをふりまわしていた。よく見ると、それは十字架《じゅうじか》だった。ぼくらのあいだで、冷静なのはちあきだけだった。そしてひとこと。

「もういいでしょ、原田《はらだ》タカシ君。姿《すがた》をあらわして」

と、言ったんだ。えっ？　原田《はらだ》タカシと言えば、幽霊《ゆうれい》を見たと言っていた、同級生じゃないか。

事件《じけん》の解決《かいけつ》と謎《なぞ》の教室

「バーチャル世界で、最近町で起きた事件《じけん》を調べたことを思い出してくださいね」

原田《はらだ》タカシが姿《すがた》をあらわすと、ちあきが言った。事件《じけん》を解決《かいけつ》したちあきは、かっこよくてりりしい。ま、いつものかわいいちあきも、ぼくは好きだけど。原田《はらだ》タカシが、胸《むね》のところに幽霊《ゆうれい》をかかえていた。いや、幽霊《ゆうれい》じゃない。白いバスタオルにくるまった、ペンギンだ。ときおりうれしそうに、

「クウェ〜」

と、鳴いている。

「ペットのペンギンが逃《に》げ出《だ》した事件《じけん》がありましたよね」

「そうか、それを原田《はらだ》がつかまえて……」

ゲンキが言《い》うと、原田《はらだ》タカシはほっぺたをふくらませ、

「ちがわい！　うちの庭に迷《まよ》いこんだんだ」

ちあきがペンギンの頭をなでながら、

「でも、暑い日が続いたでしょう。原田《はらだ》君はペンギンがかわいそうになって、

倉庫の裏《うら》にある池で水浴びをさせようとしたの。しかもペンギンが住んでいるのは南極《なんきょく》だから、水は冷たいほうがいいと思って、家からたくさんの氷を持ってきて、池に入れた」

「それで、池の水のまわりに霧《きり》がたったのか！」

「しかもペンギンが喜んでさわぐのを、別の生徒が見て幽霊《ゆうれい》とかんちがいしてしまった。しかたがないから、自分も幽霊《ゆうれい》を見たことにして、ペンギンのことを隠《かく》そうとしたんでしょう」

原田《はらだ》タカシが、うなずいた。

「だってこいつ、すごくかわいいんだもの」

おさまらないのは、小椋《おぐら》カオルと美少女探偵団《たんていだん》だった。

「な、なによ、この終わり方は。これってわたしたちが本当のおバカさんみたいじゃないの！」

その時ぼくの後ろから、

「やれやれ、事件解決《じけんかいけつ》だな」

と、声がした。姫《ひめ》先生が驚《おどろ》いて、

「校長先生！　ど、どうしてここに？」

ぼくたちも驚《おどろ》いた。だって校長先生が立っているんだもの。

「いや、この倉庫の鍵《かぎ》を借りにきたから、気になってね」

ぼくは、好奇心《こうきしん》を隠《かく》せなかった。倉庫の中には、とても古い教室が残されていたんだ。気にならないはずがない。

「先生、この倉庫の中にある教室は、なんですか」

「これはね、わたしがキミと同じくらいの年のころ、勉強していた教室なんだ。校舎《こうしゃ》が建てかわるとき、ひとつだけ残しておいた。なにもかもなくなると、思い出までなくなってしまう気がしてね」

「すると、これは……」

「今から四十年も前の教室さ」

カオルが情《なさ》けない顔をして、

「するとこのたからの地図は？」

ポケットから、例のたからの地図を取り出した。すると校長先生が目をかがやかせて、

「おうー、これこそは」

「やっぱりなにかのたからの地図なんですね」

「たからもの探《さが》しごっこをしたときに、わたしが作ったものだ！」

カオルと美少女探偵団《たんていだん》が、その場に座《すわ》りこんでしまった。校長先生は倉庫の中に入り、なにかを探《さが》してきた。

「これだ、これがたからものだよ」

先生が持っていたのは、小さなブリキのおもちゃだった。それを、

「今回の冒険《ぼうけん》のごほうびに、このたからものをあげよう」

と言って、カオルにわたした。ぼくとちあきは、顔を見合わせて笑った。

「次よ、次の事件《じけん》こそは、わたしが解決《かいけつ》してみせる」

って、カオルは言うけど、さて、どうなるのかなぁ。

ペンギンが、飼《か》い主《ぬし》のもとにもどったのは翌日《よくじつ》のことだった。

ちあき
誘《ゆう》拐《かい》事《じ》件《けん》

謎《なぞ》の占《うらな》い師《し》

「ねえ、知ってる？　三丁目《ちょうめ》の銀行のそばに、すっごくよく当たるカード占《うらな》いのおばあさんが出ているんだって」

「もしかしたら超能力者《ちょうのうりょくしゃ》かもしれないって、お母さんが言っていた」

「あのね、となりの組のユカリがね、おばあさんの前を通ったら『あなたの家は今夜、火に関係ある災難《さいなん》にあうでしょう』と、言われたんだって。そしたら本当にその夜、家のすぐ横の空き地で、火事さわぎがあったって、昨日《きのう》話していたよ」

クラスの女の子は、最近、話題の占《うらな》い師《し》の話でもりあがっていた。とてもじゃないけど、われわれ男にはついていけないんだよねえ。なぜかって？　そりゃぁ、教室の後ろでさわいでいる谷川《たにがわ》ゲンキの話を聞いてみればわかるさ。

「だから、とにかくすごいんだってば！　人間がロケットから飛び出して、火の輪くぐりをするんだぜ。ド～ンって、すごい音がして、ピュ～！　ボーボーの火の輪をくぐっておりたつんだ」

って、わかってもらえたかな。じつはわが桜町《さくらまち》に、ものすごく大《おお》きなサーカスがやってきているんだ。もちろんぼくも、よく当たる占《うらな》い師《し》よりも、サーカスのほうが興味《きょうみ》がある。ゲンキのやつ、先週の日曜日に見にいったらしくて、毎日のようにその話ばかりだ。

「ホ～ホッホッホ。まったくうちのクラスの男子ってば、幼稚《ようち》なおバカさんばかり！」

ゲンキの話をとちゅうで打ち切るように、クラスの女王さま（と言っても本人がそう言っているだけさ）小椋《おぐら》カオルの笑い声がひびきわたった。

「な、なにが幼稚《ようち》なのさ」

「だって、サーカスなんて子どもが見るものよ。それに比《くら》べて占いは、神秘的《しんぴてき》な大人のにおいがするじゃない」

ぼくには、どうしてもそんなふうには思えなくて、ちあきのほうをそっと見た。にっこりと笑う、ちあき。そのえくぼがキュートで、ぼくは心臓《しんぞう》がドキドキしそうだ。

「ねぇ、コウスケくん、ちょっとおかしいとは思いませんか？」

「なにが」

「だって、占《うらな》い師《し》って、その人の未来を占《うらな》ってお金をもらうのでしょう。でも、そのおばあさんはお金ももらわないのに、火事のことを知らせてあげるなんて」

「よほど、親切な人なのかな」

「もしかしたら、別の目的があったりして」

そのとき、姫《ひめ》先生がやってきた。

「占《うらな》い師《し》のおばあさん？　知《し》っているわよぉ。カード占《うらな》いだけに、見かけたのは銀行のかど、なんて、キャア〜けっさく！」

いつもながら、姫《ひめ》先生のギャグは、おもしろくないと思う、ねぇ？

超能力《ちょうのうりょく》？

　占《うらな》い師《し》のおばあさんって、本当にそんなにすごいのかな。ぼくとちあきは、学校の帰りにこっそりと行ってみることにした。すると、やっぱりというべきか、まったく困《こま》ったものだというべきか、小椋《おぐら》カオルが美少女探偵団《たんていだん》をひきつれて先にきていた。まるでおまけのように、谷川《たにがわ》ゲンキまで一番後ろにいるじゃないか。

　おばあさんは、すごいしわがれ声で、

「よろしい。ここでわたしが未来を見ることができることを証明《しょうめい》してあげよう」

　そう言って、何枚《なんまい》かのカードを取り出して、裏返《うらがえ》しにしたふたつの山を作ったんだ。そうしてカオルに向かって、

「そこの美人のおじょうちゃんや。わたしがこれからおまえさんがどちらの山

を選ぶか、予言してしんぜよう」

「ホ〜ホッホッホ、やはり美人に生まれると目立ってしまうのね」

そんなカオルの言葉は耳に入らないのか、おばあさんは、紙になにかを書いておりたたみ、ほかの女の子の胸《むね》ポケットに入れた。

「さぁ、どちらかの山を選んでごらん」

カオルは右の山を選んだ。それをあけようとするのをおばあさんは止《と》め、さきほど書いた紙を取り出して、読ませたんだ。

『あなたは４の山を選ぶ』

カオルが自分の選んだ山を開いてみると、そこには４のカードが三枚《まい》あったんだ。

「キャア〜、超能力《ちょうのうりょく》よぉ、これはぜったい超能力《ちょうのうりょく》よぉ！」

ぼくたちは言葉を失っていた。ただひとり、ちあきだけがなんだか楽しそうにこにこ笑っているんだ。

「ねぇ。すごいよね、ちあきちゃん」

「う、うん。それよりもあのおばあさん、右手の親指のつめに変わったもようがある」

そう言われてみると、おばあさんの親指には、たしかに黒いインクで、クモのような絵が描《か》かれていたんだ。それがまた不気味《ぶきみ》で、おばあさんが、ぼくたちとはちがう能力《のうりょく》を持った人間であるという証拠《しょうこ》のような気がしてならなかった。

「ここにいるみんなは、きっとなまけものじゃな。なまけものはいつかはバツを受ける。これはさからうことのできない運命じゃや。よいかな、運命にさからってはならんぞ」

おばあさんは、こんな不気味《ぶきみ》な予言を残して、にやりと笑ったんだ。

サーカスからの招待状《しょうたいじょう》

クラスどころか、学校中が大さわぎだった。だってそれはそうだろう。今朝《けさ》ね、桜町《さくらまち》のすべての家に、こんなはがきが届《とど》いたんだ。

『いよいよ、わたしたちサーカスも、この桜町《さくらまち》をはなれることになりました。つきましては町のみなさまを全員、来週の土曜日にサーカスにご招待《しょうたい》します。このはがきで、何人でも無料で入れますので、みなさん、ふるっておいでください。なお、当日はこれまで見せたことのない、はじめての大マジックショーを行ないます』

こんなはがきをもらって、喜ばないやつがいると思う？

ところが。ちあきちゃんひとりが、なんだか元気がないんだ。

きのう、ぼくとちあきちゃんはスーパーコンピュータの作りだす、バーチャル世界でこんな話をしていた。

「すごかったねぇ、あのおばあさん」

「フフン、あんなもの手品に毛がはえたようなものだ」

ちあきが、パチンと指を鳴らすと、バーチャル世界にふたつのトランプの山があらわれた。

「これが、あの時のトランプの山だ。もしもカオルくんが左の山を選んだとする。するとあのおばあさんは、きっとこう言うんだ。

『その山のカードを数えてごらん』」

バーチャル世界のカードが一枚《まい》ずつめくれた。数字はばらばらだけど、枚数《まいすう》は四まい。

「あっ！」

「わかっただろう。どちらの山をカオル君が選んでも、それが『4の山』であることには変わりがないというわけさ」

「ちあきちゃん、すごいよ」

「ちっともすごかないさ。それよりもあのおばあさん、どこかで見た気がするんだなぁ」

きっとちあきちゃんは、あのおばあさんのことを考えているのだと思う。

その日の最後のホームルーム。姫《ひめ》先生が山のようなプリントをかかえてやってきた。

「え〜、これはみなさんへのプレゼントで〜す。みなさん、今度の日曜日にはサーカスに行こうとしていますね。でも、勉強をさぼってはいけません。サーカスに行くのはかまわないけれど、この宿題を月曜日までに、やってくること。いいですね！」

そりゃぁもう、すごいブーイング！　せっかく楽しい一日がすごせるって、みんな喜んでいたんだもの。もしかしたらおばあさんの言っていた「バツ」って、このことかな。

「あ〜！」

ちあきが、大きな声を出して教室を飛びだしていった。こんなことははじめてだ。もちろん、ちあきのガードマン役のぼく、井沢《いざわ》コウスケが放っておくはずはない。いっしょになってクラスを飛びだした。

ちあきがいない！

ちあきの足はとてもはやくて、ぼくは追いつくことができなかった。それどころじゃないんだ。どうしよう、本当にどうしよう。

ちあきがいなくなってしまったんだ！　夕方をすぎても帰ってこないちあきを心配して、お母さんのひなこさんが、ぼくの家にやってきた。ちょうど親父《おやじ》が家にいたから、すぐに近くの交番や、近所の人がかけつけ、探《さが》すことになったんだ。もちろん姫《ひめ》先生や、ゲンキ、日頃《ひごろ》は仲のよくないカオルたちもいっしょになって。やっぱりクラスの仲間って、いい。

けれどちあきは見つからなかった。いったいどうしたのだろう。

「なぁ、コウスケ。ちあきちゃんの様子が変だったとか、そんなことはないか」

「そういえば！」

ぼくはちあきが、占《うらな》い師《し》をどこかで見たことがあると言っていたこと、そして急に大きな声を出して、教室を飛びだしていったことなどを、説明した。

「占《うらな》い師《し》ねぇ」

「いっそ、あのおばあさんに占《うらな》ってもらったほうが」

と、カオル。その時、電柱にはられたサーカスのポスターがぼくの目に入った。ちょうど真ん中あたり、おじいさんのピエロが、きれいな玉を持っている。その指を見て、ぼくも大声をあげてしまった。

「あああ〜！」

その右手の指に、たしかにクモのような絵が描《か》かれていたんだ。

「あのばあさん！」

ちあきからのメッセージ

ぼくは、ちあきの家のスーパーコンピュータの前に立っている。いつものゴーグルをつけて。けれどコンピュータはなんど「ラン・オン！」と、さけんでみても、ちっとも動いてくれないんだ。

ちあきが消えてから、まる一日がすぎてしまった。彼女《かのじょ》がどこかでこのコンピュータを動かしさえすれば、すぐに居場所《いばしょ》がわかるというのに。ああ！　ぼくはどうしてこんなにも無力なんだろう。

「だいじょうぶ。ちあきはかならず元気に帰ってくるから」

背中《せなか》から、ぼくの肩《かた》をぽんとたたいてくれたのは、ちあきのお母さん、鷹坂《たかさか》ひなこさんだった。

「それよりもきみのほうが心配だよ。昨日《きのう》からなにも食べていないんだって」

そう言われても、とてもなにかを食べる気にはならなかった。

「ちあきはこのコンピュータを動かすためのゴーグルを持っているもの。それにコウスケくんのお父さんも探《さが》してくれているわ」

「ねぇ、ひなこさん」

ぼくは、銀行の前にいた占《うらな》い師《し》のおばあさんと、サーカスのピエロが同じ人ではないかと、ひなこさんに話してみた。

「どうして」

「つめに絵が描《か》いてあるんです。ふたりとも同じところに、同じクモの絵が。もしかしたらちあきちゃんは、それに気がついたから……」

その時だった。とつぜんスーパーコンピュータが、バーチャル世界を作ったんだ。やった！　ちあきがコンピュータのスイッチをいれたにちがいない。ひなこさんが壁《かべ》のスイッチをいれると、桜町《さくらまち》の地図があらわれた。その中で、赤いライトが光っているところが、ちあきのいるところなんだ。そこは……。

謎《なぞ》のサーカス団《だん》

それはすごい人ごみだった。サーカスのテントが、とても遠くに見える。まるで町中の人が集まったようで、いつまでたってもテントに近づけないんだ。

「そうか、今日はサーカスが町中の人を無料で招待《しょうたい》する日だ！」

さっき、ちあきがスーパーコンピュータを動かしたのは、たしかにこの場所、サーカスのテントの中からだったんだ。ぼくとひなこさんは急いでここにやってきて、そして人だかりで身動きができなくなってしまった。

「おい！　コウスケ」

すぐ横に谷川《たにがわ》ゲンキがいた。となると……。

「ホ～ホッホッホ。まったくコウスケのおバカさんってば。こんな子どもだましのサーカスを見にくるなんて」

ぼくのすぐ後ろには、小椋《おぐら》カオルと美少女探偵団《たんていだん》（しつこいようだけど、自分で言っているだけだ）が、立っていた。

（だったらおまえはどうしてここにいるんだよ）

そう思ったけど、言葉にはしなかった。それよりもぼくは、ちあきのことが気になってしかたがなかったんだ。

「それにしても、すごい人だかりだな」

「おバカさんのコウスケ。あそこにいるのは、あんたのお父さんじゃないの」

カオルが指さす方向を見ると、制服《せいふく》の警察官《けいさつかん》にまじって、親父《おやじ》がいそがしそうに動いていた。すぐにぼくに気がついて、

「コウスケ！　よかった。本当にここなのか」

「うん。まちがいない」

ちあきからの連絡《れんらく》を受けて、ぼくはすぐに親父《おやじ》に報《しら》せたんだ。

「でも、どうしてこんなにおおぜいの警察官《けいさつかん》がいるの。これじゃあ、犯人《はんにん》にすぐに気がつかれてしまうじゃないか」

ぼくは、文句を言った。なんのことかわからないカオルとゲンキは、ぽかんと口を開けてこちらを見ている。

「ちがうんだ。今日はサーカスの無料招待日《しょうたいび》だろう。すごい混雑《こんざつ》しているんで、町の警察官《けいさつかん》がほとんどここに集まって、交通整理をしているんだ」

ぼくとひなこさんは親父《おやじ》につれられて、人だかりから抜《ぬ》け出《だ》した。こんな時に警察官《けいさつかん》の親父《おやじ》を持っていると、助かるんだ。もっとも、オジャマ虫みたいにゲンキとカオルたちまでついてきたのは、めいわくな話なんだけど。

「どうしておまえたちまで、来るんだよ」

「だって、コウスケ」

「事件《じけん》のにおいがするわ。事件《じけん》のあるところ美少女探偵団《たんていだん》あり、よ」

あ、頭が痛《いた》い……。

ピエロ登場！

ようやくテントの中に入ると、ゲンキたちはいちばん前の席に向かった。なんだかんだいっても、サーカスを楽しむつもりでいるらしい。もちろん、ぼくだってちあきのことがなければそうしたいところだけど、今はそれどころじゃない。

ぼくとひなこさんは、人だかりをくぐり抜《ぬ》けて、舞台《ぶたい》の裏《うら》にしのびこんだ。

いくつものサーカスの道具が、ころがっていた。向こうに見えるのは象のおりだ。ぼくとひなこさんは玉のりの玉の後ろに隠《かく》れて、あたりを見回した。

「おかしいわ」

と、ひなこさんがつぶやいた。

「人が少なすぎる。もうすぐサーカスが始まるというのに」

前にこのサーカスを見たことのあるゲンキの話によれば、このサーカスには三十人以上の人がいるらしい。それなのに舞台《ぶたい》の裏《うら》には、十人ぐらいの人しか見えないんだ。

「行こう、コウスケくん。ここにはいないみたいだ」

ぼくとひなこさんが客席にもどると同時に、サーカスが始まった。

「あ、あれは！」

まず、舞台《ぶたい》に登場したのは、あのピエロだった。その後ろに小さなピエロ。

「あ〰〰〰〰〰〰〰〰〰〰〰〰〰〰！！！」

この時ほど驚《おどろ》いたことは、きっとぼくはなかったと思う。ゲンキもカオルも、口を開けたままなにも言えなくなっていた。だってそうだろう。舞台《ぶたい》に立つ小さなピエロは、昨日《きのう》から行方不明《ゆくえふめい》になっていた、ちあきだったんだもの！

大きなほうのピエロが、

「今からお目にかけます大魔術《だいまじゅつ》。みなさまは町が生きていることを知っていますか。そう、町は生きているのです。今や、こうしてみなさまが町を忘れたために、家も電柱も、ビルも銀行も、悲しくて、泣きはじめるのです！」

なんだか、へん。客席もなんだかざわざわしはじめた。それに、舞台《ぶたい》の裏《うら》のほうでも、さわぎが始まったんだ。

ぼくはあっと声をあげた。ちあきが、例のゴーグルをつけていたんだ。そしてちあきはたしかに、小さくこういった。

「アクセス完了《かんりょう》！」

次の瞬間《しゅんかん》だった。なんだかたくさんのハチがうなるような音が、テントの中に聞こえてきた。

よく聞けば鳴き声のようでもある。それはだんだん大きくなって……。

「なんだ、あの音は！」

「泣いているわ、町が泣いている！」

テントの中の人が大きな声をあげた。けれどそれは、すぐに、

「ちがう！　あれは警報機《けいほうき》だ。町中の警報機《けいほうき》が鳴りだしているんだ」

学校の火災報知機《かさいほうちき》や銀行の警報機《けいほうき》、ふつうの家に取りつけられたドロボウよけの警報機《けいほうき》などが、いっせいに鳴りだしているんだ。ちあきのしわざにちがいなかった。それぞれの警報機《けいほうき》は、警察《けいさつ》や消防署《しょうぼうしょ》、警備《けいび》の会社などのコンピューターにつながっている。ちあきがそれを動かしたんだ。

ぼくはテントの外に飛びだした。するとテントのまわりにいた警察官《けいさつかん》が、いっせいに町にもどるところだった。その横に、小さなピエロがちょこんと立っていた。

「よかった、間にあって」

ちあきだった。

事件解決《じけんかいけつ》！

「あのサーカス団《だん》はね、ほかの町でもああやって町中の人を招待《しょうたい》していたの。町の人も警察官《けいさつかん》も、みんなテントに集めておいて」

そう。サーカスの舞台裏《ぶたいうら》に人が少なかったのは当然だった。みんながテントのまわりに集まったのをいいことに、町にドロボウに出かけていたんだもの。

「あのピエロのおじいさんは、サーカス団《だん》の仲間が、これ以上ドロボウをするのを止《と》めたかったのよ」

「でもびっくりしたなぁ。ピエロのおじいさんが、占《うらな》い師《し》のおばあさんに化《ば》けていたなんて」

「サーカスのほかの人に気づかれないためには、おばあさんに化けるのが一番だと思ったんだって」

「どうして占《うらな》い師《し》なんかに化《ば》けたの？」

「わたしたちを、家にひきとめておくため。ほら、占《うらな》いで『なまけものはバツを受ける』と言っていたでしょう。そのあとすぐに、どっさりと宿題が出て……」

おじいさんは、学校にも電話をかけ、サーカスにいくよりも勉強をさせてほしいといったそうだ。どうりで急に宿題が出るはずさ。

「最後の推理《すいり》はわたくしが話すわ！」

そう言いながらカオルがやってきた。

「サーカスなんて幼稚《ようち》なものを喜ぶのは子どもよ。子どもが家にいるのに、それを置いてサーカスに親が出かけるなんてこと、ありえないもの。ホ〜ッホッホッホ、おバカさんのコウスケには、わからなくて当然ね」

残念ながら、ぼくもゲンキも親父《おやじ》も、ひなこさんも、カオルの話なんか聞いちゃいなかった。

「おじいさんと占《うらな》いのおばあさんが同じ人であることに気がついて、ちあきちゃんはサーカスへ会いにいったんだ」

「ええ、そこで本当のことを教えてもらって、なんとかしなきゃって」

「キィ〜ッ、みんなで美少女探偵《たんてい》小椋《おぐら》カオルさんを無視《むし》して！」

と、カオルがさけんでいる。ま、ずいぶん心配したけど、事件《じけん》が解決《かいけつ》してよかったよ、本当に。

マジカルパーティー

ホワイトクリスマス

今日は十二月二十四日。そう、クリスマスイブなんだ。今日で学校は冬休みに入るし、おまけに朝から雪がふっていて、これってもしかしたらホワイトクリスマスってやつかな。な～んだか神様が特別にサービスをしてくれているみたいで、うきうきする。

もちろんうきうきの理由はそれだけじゃない。今日はこれからクラス全員で、クリスマスパーティーを開くんだ。もちろんプレゼントだって用意してある。えっ、だれにおくるのかって？　どうしてそんなに当然のことを聞くの。もちろん、ちあきに決まっているじゃないか。もっとも、クラスの男子生徒のほとんどがちあきにプレゼントを受け取ってもらおうとしているから、ライバルどもに負けるわけにはいかないさ。

というわけで、ぼくはだれよりも早く学校に向かっているんだ。学校にだれよりも早く行って、ちあきにいちばんにプレゼントを渡《わた》すためさ。

ところが、だ。

学校の校門の近くで、

「オ～ホッホッホ、クラスの男子からのプレゼントはすべてわたしが、いただきよ。女王さまはわたしひとりで十分なのよ！」

この声を聞いたとたんに、頭が痛《いた》くなってしまった。さらに、

「そりゃあ、ちあきちゃんへのプレゼントは、ぼくがだれよりも先に渡《わた》すんだあ～」

谷川《たにがわ》ゲンキの声まで聞いたときには、その場に座《すわ》りこみたくなったほどだ。

悪い予感はあたるもので、まだパーティーまで一時間もあるというのに、クラスのほとんどの生徒が学校に集まっていた。

まったく連中ってば、本当にお祭りさわぎが好きなんだから。あっ、ぼくも人のことは言えないか。

サンタの挑戦状《ちょうせんじょう》

教室にだれよりも早く飛びこんだのは、谷川《たにがわ》ゲンキだった。あとを追ったぼくたちは

「なんだよ、これ！」

というゲンキの声に、思わず立ち止まってしまった。ゲンキがさけんだのも無理はない。終業式が終わってから、ぼくたちはクラス全員で教室をモールや金銀の色紙《いろがみ》で飾《かざ》ったんだ。ジュースやお菓子《かし》だってそろえたはずなのに、それらがなにひとつなくなっていたんだ。ただひとつ、みんなで作った大きなサンタの人形だけが、教室の真ん中でにっこり笑っているばかりだった。

「どうしたんだろ」

「お菓子《かし》はどうした、お菓子《かし》は！」

「ぼくの青春を返してくれよぉ～」こんな声が、次つぎにあがった。

「ちょっとお待ち！」

美少女探偵団《たんていだん》の小椋《おぐら》カオルが、みんなの声を押《お》さえた。カオルは教室のすみに歩いていくと、

「これは挑戦状《ちょうせんじょう》よ。わたしたち美少女探偵団《たんていだん》への挑戦状《ちょうせんじょう》よ」と、大きな声をあげたんだ。えっ、だれがきみたちを美少女探偵団《たんていだん》とみとめたって？　勝手に自分たちでそう言っているだけでしょう、とも思ったけど、ぼくはそれを声には出さなかった。

教室の角の机《つくえ》には、ワープロが置いてあった。そのうえに、

『ＸＹＱＫ４５　謎《なぞ》のサンタより』

と書かれた紙が置いてあったんだ。

「わたしたちのパーティーをじゃましようとする、悪の怪人《かいじん》が挑戦《ちょうせん》してきたのよ」

カオルの声はどこかうれしそうだった。

「でも」

と、カオルの探偵団《たんていだん》のひとりが言った。

「サンタは怪人《かいじん》じゃないと思うけど」

「そんなことはどうでもいいの！　わたしはだれの挑戦《ちょうせん》でも受けてたってみせるわ」

ざわめくクラスの中で、ぼくはおかしなことに気がついた。ちあきがいないんだ。それに姫《ひめ》先生も。まさか、こないだのサーカス事件《じけん》みたく、ちあきがまた事件《じけん》にまきこまれたんじゃないだろうか。そう思うと、ジュースもお菓子《かし》もどうでもいい気《き》がした。

謎《なぞ》、また謎《なぞ》

『ＸＹＱＫ４５』

これはどういう意味なの。いくら頭をひねってもわからなかった。こんなときにちあきがいれば、すぐに謎《なぞ》を解いてくれるはずなのに。カオルは紙をさか

さにしたり、裏《うら》がえしにしたりしながら、首をひねっている。そしてとつぜん、

「わかった！　これはあぶり出しよ。だれかライター持っている？」

と大声で言った。ゲンキが、

「じゃあ、このアルファベットの意味は？」

と聞くと、

「意味なんてないの。これはトリックよ！」

意味？　あれ、どうしてこの紙はワープロの上に置いてあったんだろう。ワープロははじめからここに置いてあったものじゃない。どこからか持ってきたものなんだ。

「もしかしたら」

ぼくはカオルから紙を取り上げて、ワープロのキーボードを見た。

「きぃ〜！　わたしの推理《すいり》をじゃまするんじゃないの。おバカさんのコウスケ」

ええい、じゃまはお前《まえ》だ。

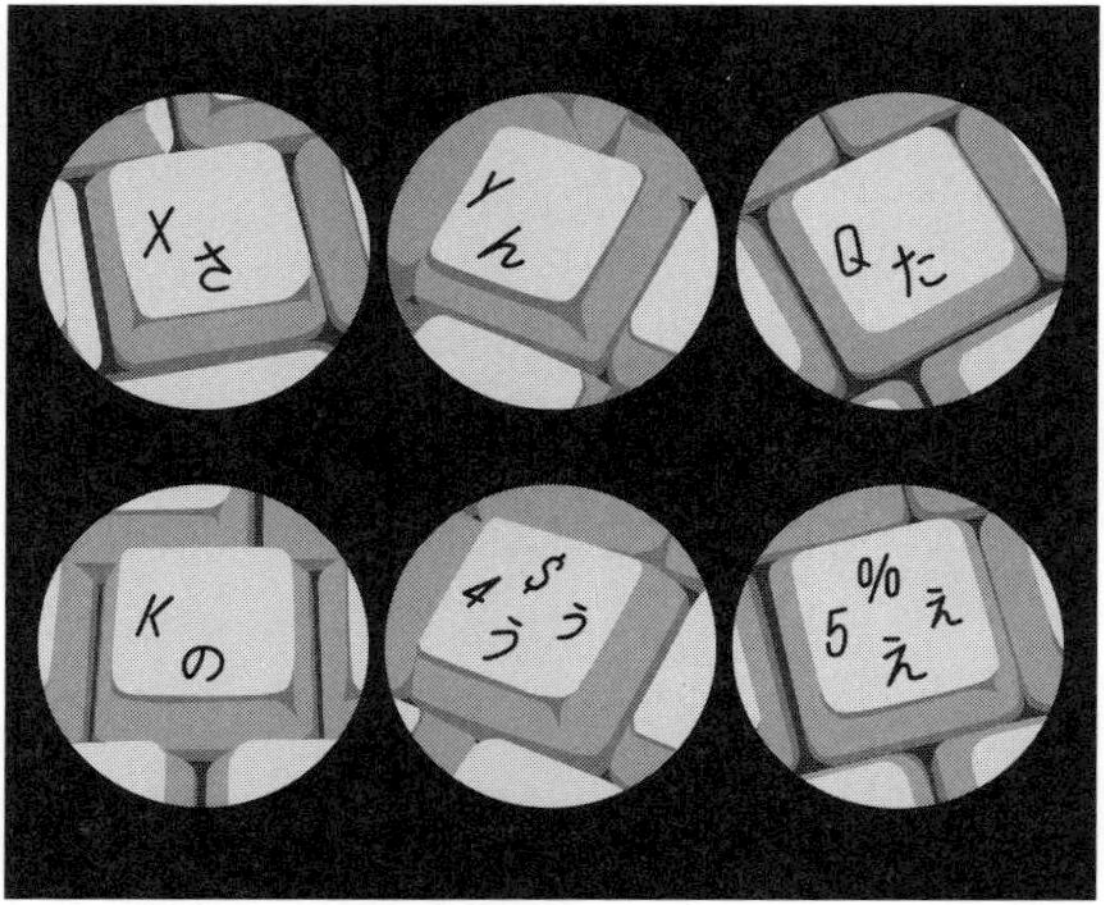

「やっぱりそうだ」

キーボードって、ひとつのボタンにいくつもの文字がならんでいることに気がついた。そして『XYQK45』という文字は、どれもボタンの左はしにかかれた文字なんだ。ぼくは同じボタンの下にあるひらがなを読んでみた。すると、

『さんたのうえ』

と、読めるじゃないか！

「サンタの上だ」

ぼくはサンタの人形にかけよって、頭の上を見た。するとそこに

は紙があって、

『体育館に急げ』

と書かれていた。

「なによ、どうしておバカさんのコウスケが、謎《なぞ》を解《と》くのよ。わたしの立場はどうなるの」

さけぶカオルを置き去りにして、ぼくたちは体育館に走っていった。すると、体育館のドアには、

『第二の挑戦状《ちょうせんじょう》
ここにある道具を使ってドアを開けてみせること・謎《なぞ》のサンタより』

と書かれた紙がはられていて、その下に長さが十五センチもある太いくぎが三本と、理科の実験で使う銅線《どうせん》、セロハンテープ、それに乾電池《かんでんち》がふたつ置いてあった。

サンタはお前だ！

「ちょっとそこをおどき！　今度こそ謎《なぞ》はわたしが解《と》いてみせる。じっちゃんの名にかけて！」

もちろんこれはカオルだ。お前は金田一《きんだいち》少年か！

体育館のドアは、鉄でできていて、上のほうに鉄の格子《こうし》がある。そんなに厚《あつ》いドアじゃないけど、内側から鍵《かぎ》がかかるようになっているんだ。

「フフフ、まったく幼稚《ようち》なトリックだわ。これは銅線《どうせん》をドアのすき間《ま》から入れて……」

カオルが銅線《どうせん》を細長くのばして、ドアのすき間《ま》に入れようとした。やっぱり無理じゃないのかなあ、いくら銅線《どうせん》が細くても、ドアのすき間《ま》には入らないんだ。

「なんの、だったらドアの格子《こうし》からこ、こ、こうして……きゃあ～わたしってばシャレ

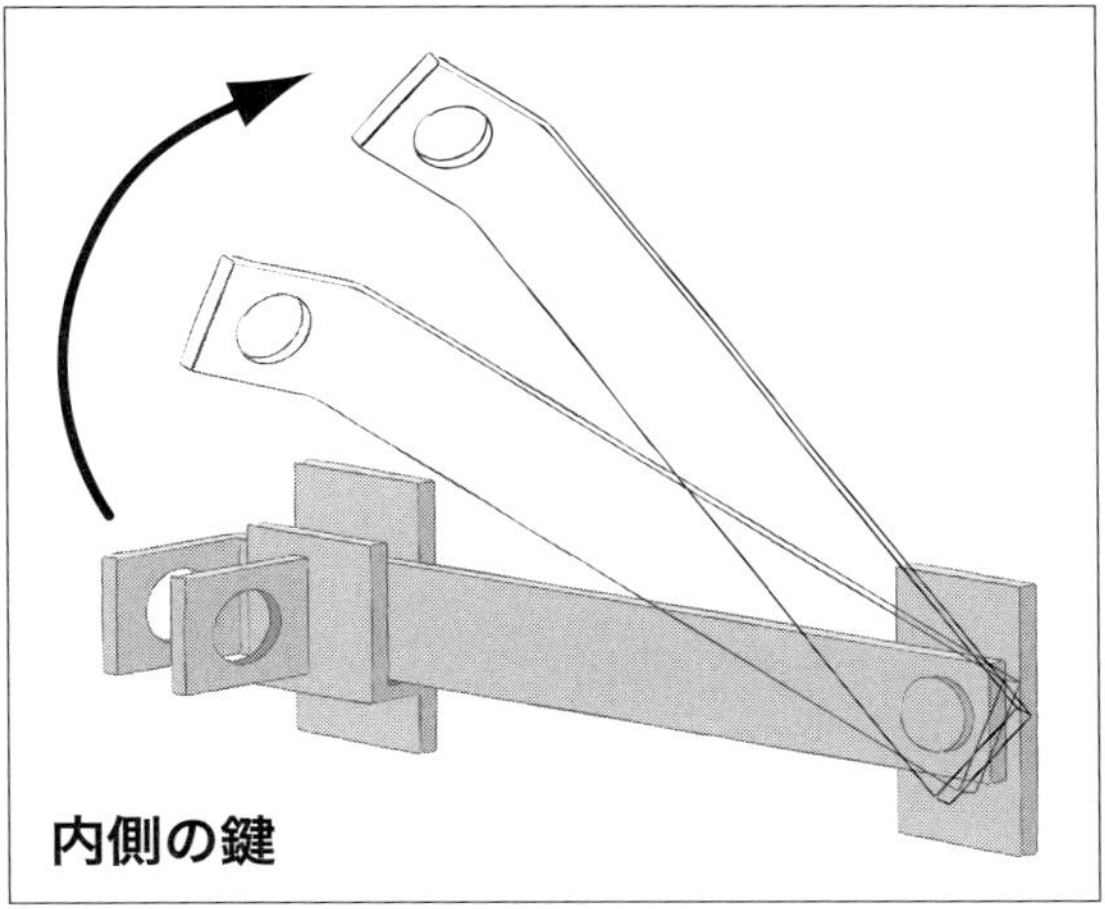

の天才！」
　そういえば、姫《ひめ》先生はどこにいったんだろう。ぼくはカオルのダジャレを聞きながら思った。もちろんそんなことでは内側にかかっている鍵《かぎ》ははずすことができなかった。
「これは陰謀《いんぼう》よ！　そうだ、これは密室《みっしつ》よ。わたし、聞いたことがあるわ。これこそは世界最高の謎《なぞ》といわれる、密室《みっしつ》トリックなのよ！」
　ま、たしかにぼくも密室《みっしつ》という言葉は聞いたことがあるけど、そんなに大げさなものだっけ。密室《みっしつ》は出入りすることができない部屋という意味だ。だけど謎《なぞ》のサンタは「この道具で開けてみせろ」と言っているんだもの。かならずなにかの方法があるはずじゃないのかな。それにカオルの方法では、くぎや電池はどうやって使うのかわからない。

ゲンキが、

「テレビで見たことあるんだけど」

と、ドアの前に立った。そうして三本のくぎをひとつにまとめて、そのまわりを銅線《どうせん》でぐるぐる巻《ま》きにしはじめたんだ。電池をたてにならべてセロハンテープでつないだ。銅線《どうせん》のはしとはしを電池のプラスとマイナスに押《お》しつけて、セロハンテープで止《と》めた。

「こうしておいて……」

ゲンキはくぎの束《たば》を、ドアに押《お》しつけたんだ。場所はちょうど裏《うら》がわに鍵《かぎ》のあるあたり。押《お》しつけたくぎの束《たば》を動かした。

「こうやってくぎに電気を流してやると、磁石《じしゃく》になるんだってさ」

カチリと音がして、ドアの鍵《かぎ》が開いた。鍵《かぎ》もドアも鉄でできているから、磁《じ》石《しゃく》で表から動かすことができたんだ。もちろん、クラス全員が大きな拍手《はくしゅ》をおくった。あ、まちがえた。カオルひとりが目を白黒させて、今にも倒《たお》れそうな顔をしていたんだ。

ドアを開けると同時に、クリスマスの音楽が流れて、体育館の電灯がいっせいにつけられた。そして

「メリークリスマス！」

と、大きな姫《ひめ》先生の声。うん、ぼくにはなんとなくわかっていたんだ。こんなことを考えるのは姫《ひめ》先生と……。

姫《ひめ》先生の背中《せなか》から、ちあきがチョコンと顔を出してＶ《ブイ》サインを出していた。やっぱり！　謎《なぞ》のサンタの正体は、ちあきと姫《ひめ》先生だったんだ。

「これがわたしからのプレゼントで〜す」

と、姫《ひめ》先生。

「せっかくのパーティーだから、少し驚《おどろ》いたり考えたりするほうが面白《おもしろ》いと思

って」

そう言って、ちあきはペロリと舌《した》を出した。本当は少し文句も言いたかったけど、そんな顔をされちゃ、なにも言えなくなるさ。ぼくも、そのほかの男子生徒も、ちあきにプレゼントを渡《わた》すことも忘《わす》れて、立ったままだった。

やがてパーティーが始まって、ぼくはちあきに近づいた。

「これ」

と言って、プレゼントを渡《わた》した。ちょっと驚《おどろ》いたちあきが、すぐに最高の笑顔で、

「じゃあ、わたしも」

と言って、小さな包《つつ》みをくれた。えっ、なにが入っていたかって？　もちろんそれは秘密《ひみつ》さ。

姫《ひめ》先生がジュースを飲みながら、

「クリスマスだけに、これ以上クイズはもう、たくサンタ！」

けっきょくオチはこれかい、まったくぅ！

雪だるまは知っている

雪の日の事件

明けましておめでとう！　ぼくたちの桜町《さくらまち》では、三日前からものすごい雪。道路も建物も真っ白だけど、きみたちのところではどうだろう？

この日の朝、クラス全員の家に姫《ひめ》先生から電話がかかってきたんだ。

「校庭にすごい雪がつもっているから、クラスのみんなで遊びましょう」

って。もちろん、そこは遊ぶことが大好きなぼくらのクラスだモン。ほとんど全員が集まって、雪だるまをいくつも作って遊んだりしたんだ。そういえばミニ四駆《よんく》のコースを作ってレースをしてる友達もいたっけ。おかげで校庭には、まるでイースター島のモアイ像《ぞう》みたく、たくさんの雪だるまがならんだ。それぞれ顔を木の棒《ぼう》でつけると、なんだかだれかに似《に》ているようで、

「キャハハッ、これはカオルだるまだぁ」

「なによ、それ。この美少女探偵《たんてい》の小椋《おぐら》カオル様に向かって、なんて失礼なヤ

ッ！」

「その、ふくれっつらがそっくりだって」

「きぃ〜！！！」

そりゃぁもう、大さわぎ。そうそう、クラスのほとんどといったのは、じつはあの谷川《たにがわ》ゲンキだけが、かぜをひいてこなかったんだ。

「いまごろゲンキのヤツ、くやしがっているだろうなぁ」

とぼくが言うと、ちあきがそばによってきて、

「帰りにお見舞《みま》いに行きましょうか」

だって。やっぱりちあきちゃんて、やさしいなぁ。

中でも一番はしゃいでいたのは、姫《ひめ》先生だった。みんなの様子をビデオで撮《さっ》影《えい》しながら、

「きゃぁ〜、雪遊びって大好き！　雪だけに、わたしはとっても愛す（アイス）な〜んて、きゃぁ〜大ケッサク！」

あんまりつまらないギャグをかましたので、神様が怒《おこ》ったのかもしれない。

そのうちに雪がたくさんふってきて、これ以上はとても遊んでいられなくなったんだ。すると姫《ひめ》先生、

「あしたは、クラス全員で雪合戦をしましょうよ。ほら、このトロフィーを優《ゆう》勝《しょう》チームにあげちゃう！」

と、言いだした。まったく姫《ひめ》先生ってば、宿題は気にしなくていいのかな。

とはいえ、みんなが大喜びしたことは言うまでもない。

「オ～ホッホッホ、優勝《ゆうしょう》はこのカオル様が、いただいたも同然ね」

なんてカオルは言うけど、こっちだって負けてられない。こちらには万能《ばんのう》美少女のちあきがついているんだから！　ところが、まさかその優勝《ゆうしょう》トロフィーが消えてしまうなんて、その時のぼくらは、だれも想像《そうぞう》しなかったんだ。

怒《おこ》る雪だるま！

次の朝。ぼくとちあきが学校にいくと、校庭では大さわぎになっていた。き

のうの帰りぎわ、たしかに教室においておいたはずのトロフィーがなくなってしまったんだ。

「ちあきちゃん！」

「いったいだれが、こんなことを」

もちろん、こんな時にだまっていないのが、カオルたち美少女探偵団《たんていだん》だった。でも。よくかんがえてみると、カオルたちってなにか事件《じけん》を解決《かいけつ》したことがあったっけ。むしろちあきこそが、最新のメカを使って、いつも事件《じけん》を解決《かいけつ》しているんだけどな。

「これこそはミステリーよ！」

「事件解決《じけんかいけつ》はわたしたち美少女探偵団《たんていだん》に」

「おまかせ！」

おい、いつのまに決めポーズまで作ったんだ、きみたち！

その時だった。ちあきが姫《ひめ》先生に、言った。

「あの。気になることがあるんですけど」

「気になること？」

「ええ、校庭の雪だるまが、少し変わっているような」

「変わっているって、どこが変わっているのかしら」

「よくわからないんです。ですから、先生が昨日《きのう》、ビデオを撮影《さつえい》していたでしょう。それを見せていただけませんか」

「ああ、そういえば！」

さっそく教室のテレビに、昨日《きのう》の様子を映《うつ》してみたんだ。

そりゃあ、みんなびっくりしたさ。だって昨日《きのう》作った雪だるまのひとつの顔が、すっかり変わっているんだもの。

「あああっ、これ！」

「雪だるまが、怒《おこ》っている！」

「幽霊《ゆうれい》よ、怪人《かいじん》よ、バケモノなのよぉ！」

とまぁ、姫《ひめ》先生とカオルはふたりでパニックを起こしていたんだけど、ちあきはとても冷静な顔をしていた。画面をじっと見ながら、なにかを考えている様子なんだ。こんな時のちあきって、すごくりりしくて、カッコいい。

「なにかが、ちがう気がする」

「そりゃぁ、顔が……」

「ええ、でもそれだけじゃなくて」

雪だるまの秘密《ひみつ》

ぼくとちあきは、スーパーコンピュータのバーチャル世界にいた。

ちあきがパチンと指を鳴らすと、雪だるまを映《うつ》した、ふたつの画面があらわれたんだ。

「右が昨日《きのう》の雪だるま。そして左が顔の変わってしまった今日の雪だるまだ」

「やっぱりブキミだね。どうして顔が変わったんだろう」

「フフフッ、そんなことふしぎでもなんでもないさ。ほら！」

ちあきがもう一度指を鳴らすと、昨日《きのう》の雪だるまの顔のところだけが、空中

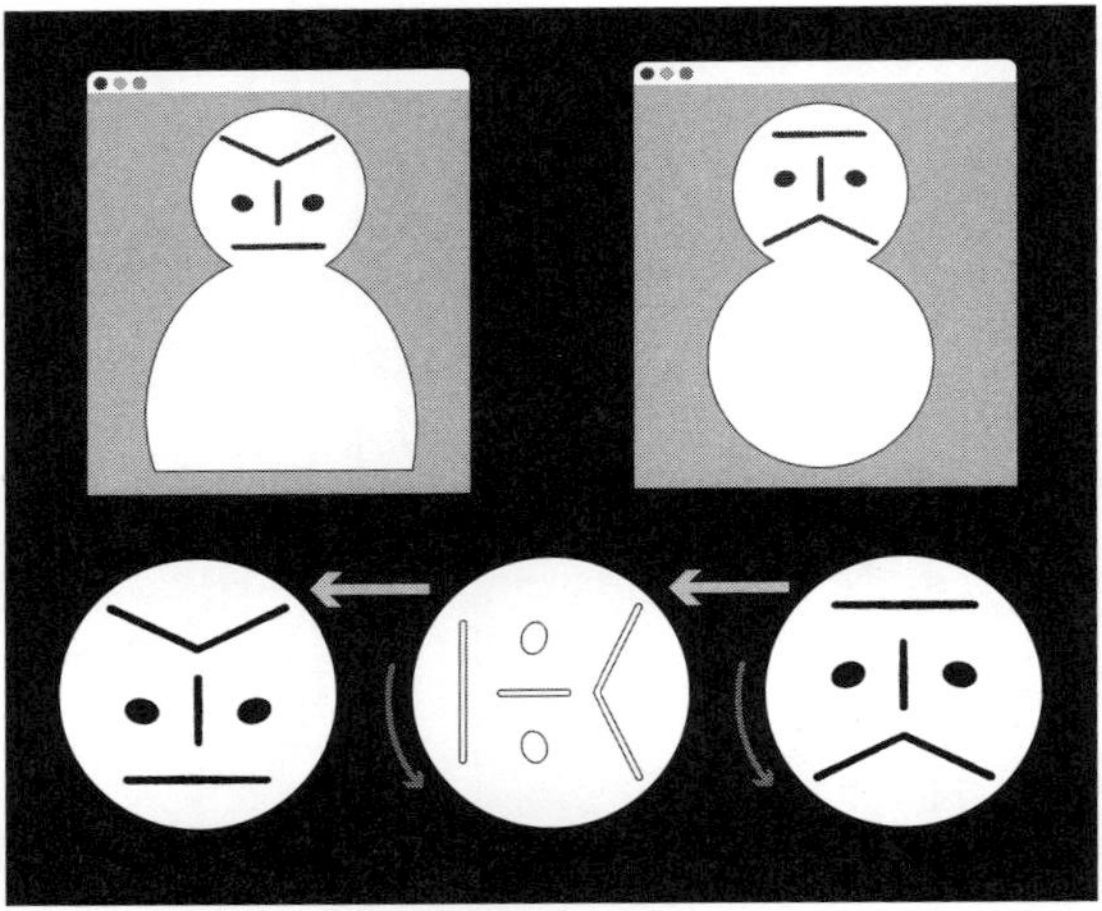

に浮《う》かび上がった。う〜ん、これはこれでコワイ。けれど、次の瞬間《しゅんかん》、ぼくはびっくりしてさけんでいた。

「ええええっ〜！！」

そうなんだ。昨日《きのう》の雪だるまの顔をひっくりかえすと、口がまゆげに、まゆげが口になって、まるで怒《おこ》ったように見えるんだ。

「ちあきちゃん、これ！」

「そう、だれかが一度頭をはずし、今度はさかさまにして置いたんだ。でも、これだけじゃない、コウスケ、雪だるまの下を見るんだ。形が変わっているとは思わないか」

「そういえば」

昨日《きのう》の雪だるまは、ふたつの雪の玉をかさねて作ったものだ。ところが、下の雪の玉の形が変わっているんだ。

「下のところだけを見て、なにかを思い出さないか」

「と、言われてもなぁ」

「秋田県に、こんなものがある」

ちがう画面があらわれた。それは秋田県で冬に作って遊ぶ「かまくら」だった。

「あっ！」

そうなんだ。雪だるまの頭をとると、まるで小さなかまくらに見えるじゃないか！

「行こう、コウスケ！」

「どこへ？」

「学校に決まっているじゃないか。きっといまごろ犯人《はんにん》がきているぞ」

犯人《はんにん》はだれ？

ぼくとちあきは、学校に向かった。冬の日暮《ひぐ》れは早くて、午後六時前だというのにもう真っ暗だ。ちあきはいつものゴーグルをつけていた。

「きっと、犯人《はんにん》が昨日《きのう》やってきたときも、こんなふうに暗くなっていたんだ」

「そういえば、昨日《きのう》ゲンキの家に行ったときも、もう暗かったものね」

そう言いながらぼくは、今日の雪合戦のことを話したときの、ゲンキのくやしそうな顔を思い出して、少し笑った。ほとんどかぜは治っているのに、お母さんがどうしても外に出してくれないそうだ。

「そう、だから彼《かれ》は、大きなミスをしてしまった。ホラッ、そこだ」

校庭のすみ、ちょうど雪だるまのところに、懐中《かいちゅう》電灯の光が見えた。そして近づいてみると、そこにいたのは、

「ゲンキ！」

かぜで寝《ね》ているはずの、谷川《たにがわ》ゲンキなんだ。

「へへへ、バレたか。どうしてわかったの」

「きみが、雪だるまの顔をさかさまに置いたから」

「さかさま？」

「そう、きみは雪だるまの頭だけをはずし、下の雪の玉をこわして小さなかまくらを作ったんだ。そうしておいてトロフィーをそこに入れ、入り口をまた雪でふさいで、さきほどの雪だるまの頭をのせておいた」

「うん、正解。でもどうしてぼくが犯人《はんにん》だと？」

「だって、みんなで作った雪だるまだもの。だれも頭をさかさまにつけるようなまちがいはしないさ。ただひとり、昨日《きのう》の雪遊びにくることができなかった、きみをのぞいては」

ゲンキは、今日の雪合戦に出られないことが、とてもくやしかったんだって。

「だから、昨日《きのう》、夕方遅《おそ》くなってから学校にひとりでやってきて、トロフィーを隠《かく》して、雪合戦を一日のばそうと思ったんだ」

だって。おねがいだからクラスのみんなにはないしょにしておいてよ、とゲンキはなんどもあやまったけど、さて、どうしようかな。ねぇ、ちあきちゃん。

ちあき フォーエバー

悪い予感

その夜、ぼくはおかしな夢《ゆめ》を見た。とても暗いところを歩いていると、そのさきに小さな光が見えたんだ。

――ここはどこだろう。

光が少しずつ大きくなって、それがやがて人の姿《すがた》になっていった。女の子だった。

――ちあき！

たしかに人の姿《すがた》はちあきだった。けれどいつもと様子がちがう。なんだかとてもさびしそうな顔で、こちらをじっと見ているんだ。ぼくは彼女《かのじょ》に話しかけようとするんだけど、声がちっとも出ない。

――どうしてそんなに悲しい顔をしているの、ねぇ、ちあき！

ぼくは、手をのばそうとした。するとちあきはゆっくりと遠くへはなれてい

きながら、

「ごめんね、コウスケ君。わたし、もういっしょに学校に行けなくなっちゃった」

そういって笑ったんだ。

――どういうことだよ！　もう学校にいっしょに行けないって。

そうさけんだところで、ぼくは目が覚めたんだ。

「どうした、ずいぶんとうなされていたぞ」

親父《おやじ》が心配そうな顔で、ぼくを見ていた。ん？　なんだかいつもとちがうみたい。日ごろよれよれの服しか着ない親父《おやじ》が、たった一着しか持っていない背広《せびろ》を着ているんだ。ネクタイまでしめてさ。

「親父《おやじ》こそ、どうしたの」

「これか、ハハハ、まぁ、なんだ。今夜は食事のしたくはいいぞ」

「あ〜！　もしかしたら、ひなこさんとデート？」

ひなこさんは、言うまでもないけどちあきのお母さんで、駅前に少林寺拳《しょうりんじけん》法《ぽう》の道場を開いているスーパーレディだ。さいきん、親父《おやじ》とひなこさんはよく食事なんかしているみたいで、なんだかあやしい。もしふたりが結婚《けっこん》なんかしたらどうなるの。ぼくとちあきはきょうだいになってしまうわけで、ああ、ぼくのラブラブの未来はおさき真っ暗じゃないか。そんなことを考えているうちに、ぼくは夢《ゆめ》のことなんかすっかりわすれてしまっていたのだけど……。

さいころ屋敷《やしき》

学校に行くとちゅうで、ちあきを見かけた。その顔を見たとたん、ぼくはあの夢《ゆめ》を思い出してしまった。それほどちあきの顔は、夢《ゆめ》に出てきた彼女《かのじょ》と同じように、さびしそうだったんだ。

ちあきはさいころ屋敷《やしき》をじっと見ていた。さいころ屋敷《やしき》というのは一か月前に学校の近くにできたお屋敷《やしき》で、まるでさいころみたいな真っ四角のおかしな建物だから、こう呼《よ》ばれているんだけど。

屋敷《やしき》の窓《まど》のところには、ペットボトルに水を入れたものが何本も置かれている。ほら、猫《ねこ》がやってこないように置いてある、あれだ。

「ねえ、どうしたの？」

ぼくが声をかけても、ちあきはまるで気がつかないみたいに、建物を見ている。

「どうしたの？」

もう一度同じように話しかけると、ようやくぼくを見て、

「コウスケくん、ううん、なんでもないの」

そう言ってかけ足で行ってしまったんだ。

その日は、ぼくはちあきのことが気になって授業《じゅぎょう》どころじゃなかった。しまいには姫《ひめ》先生が、

「そんなにわたしの授業《じゅぎょう》がつまらない？」

って、泣きそうな声で言うものだから、

「ち、ちがうんです。少しお腹《なか》が痛《いた》くて」

いいわけをしたんだ。そしたら今度は姫《ひめ》先生、いきなりあわてて、大さわぎを始めてしまった。

「きゃあ〜!、たいへん、それはたいへんよ、救急車を呼《よ》ばなくっちゃ!」

「ちょっと、先生。ちがうんだってば」

「救急車、救急車〜!」

なんだかうれしそうに走り回っているのは、谷川《たにがわ》ゲンキだった。まったくうちのクラスってば、本当にさわぎが好きなんだから。

事件《じけん》発生!

元気がなくなったのは、ぼくやちあきばかりじゃなかった。その夜、きっとにやにやしながら帰ってくるはずの親父《おやじ》が、

「ただいまぁ〜」

まるで十年分の不幸が一度におそってきたような顔をしているんだ。

「あのな、ひなこさんが……」

そう言ったきり、親父《おやじ》はゆかにペタンと座《すわ》りこんでしまった。

「ひなこさんがどうしたの」

「この町を出ることになってしまった」

「なんだよ、それ！」

親父《おやじ》の話はこんな内容《ないよう》だった。ひなこさんが駅前で開いている道場は、毎月お金をはらって借りているのだそうだ。それで、道場を貸している人が、ひなこさんに来月いっぱいで出ていってくれと言っているらしい。

「そんなのありかよ！」

「しかたがないだろう。ひなこさんもどうしようもないらしい」

「その貸している人って？」

「おまえの学校の近くにある、高橋《たかはし》って家だ」

「高橋《たかはし》って、もしかしたらさいころ屋敷《やしき》！」

そのときだった。電話が鳴ったんだ。ぼくが電話に出ると、桜町警察《さくらまちけいさつ》からで、どうやらなにか事件《じけん》が起きたらしい。

「なにかあったの？」

「ドロボウだ。しかもそれが今話していた高橋《たかはし》って家だとは、な」

「えっ！」

消えた宝石《ほうせき》

翌日《よくじつ》は、事件《じけん》のことでもちっきりだった。それによると、昨日《きのう》さいころ屋敷《やしき》にドロボウが入ったということだ。盗《ぬす》まれたのは、家の主人が大切にしている宝石《ほうせき》だった。

「犯人《はんにん》はすぐにつかまったらしいよ」

谷川《たにがわ》ゲンキが、クラスのみんなを前にとくいそうに話している。いったいどこで聞いてくるのか、こんな話になると、ゲンキは早い。

「ところが、盗《ぬす》まれた宝石《ほうせき》がどこにもないんだ」

「どこかに隠《かく》したんじゃないの？」

「でも、犯人《はんにん》はすぐにつかまったんだから、どこかに隠《かく》すといっても時間はあまりなかった」

「どんな宝石《ほうせき》だったの？」

「それほど大きいものじゃなかったらしいぜ。でもとてもめずらしいもので、ナント！　五千万円もするものだってさ」

五千万円の宝石《ほうせき》か、そんなものを家に置いてあるほうが悪いんじゃないの？　そんなことを思いながら、ぼくはちあきのほうを見た。いつもならこんな話が大好きで目をかがやかせるちあきが、だまってなにかを考えているから、ぼくもゲンキの話をあまり熱心に聞いていなかったんだ。

「なんだよ、コウスケ！　話を聞いていないのかよ」

「ああ、ごめん」

「せっかく最新の情報《じょうほう》を教えてやっているのにさ」

「ちょっとおまち！」

背中《せなか》のほうで大きな声《こえ》がした。もちろんわかっている。こんなときに登場して大さわぎをするのは……。

「ホ～ホッホ、事件《じけん》はわたしたち、小椋《おぐら》カオルと美少女探偵団《たんていだん》におまかせ！」

や、やっぱりねぇ。少しだけぼくは頭が痛《いた》かった。でも、その時、ぼくの頭にグッドアイデアがひらめいたんだ。

「ちあき！　この事件《じけん》をふたりで解決《かいけつ》しよう！」

「え！」

「さいころ屋敷《やしき》からなくなった宝石《ほうせき》を探《さが》すんだ。そうすれば道場を出ていかなくてもすむかもしれない！」

ちあきの顔が、ぱっと明るくなった。

「うん！」

なんだか背中《せなか》で、

「きぃ～っ、そうやってわたしたちを無視《むし》するんだから！」

小椋《おぐら》カオルの声がしたけれど、知ったことじゃなかったんだ。

謎《なぞ》の事件《じけん》

ちあきがこの町から出ていってしまうなんて、そんなことがあっていいはずがない！　そのためには、さいころ屋敷《やしき》から盗《ぬす》みだされた宝石《ほうせき》を、絶対《ぜったい》にぼくたちの手で探《さが》しだすんだ。だって、ひなこさんに家を貸《か》しているのがさいころ屋敷《やしき》の主人なんだもの。主人は宝石《ほうせき》をどうしても取《と》り戻《もど》したいらしく、ものすごい賞金をかけて、宝石探《ほうせきさが》しをしているそうだ。これは絶好《ぜっこう》のチャンス！

「ねえ、ちあきちゃん。犯人《はんにん》はつかまったのに、どうして宝石《ほうせき》が見つからないのかな」

ぼくとちあきは、スーパーコンピュータの中にあるバーチャル世界にいた。

「犯人《はんにん》の名前は、横田《よこた》ナオユキ、二十九歳《さい》」

ちあきがパチンと指を鳴らすと、目の前にかなり太った男の姿《すがた》があらわれた。この世界《せかい》にいる時のちあきは、だれがなんと言ってもスーパーレディだ。

きっと警察《けいさつ》のコンピュータから、こんな情報《じょうほう》を取り出したのにちがいない。

「横田《よこた》ナオユキは、昨日《きのう》の午後十時すぎにさいころ屋敷《やしき》にしのびこみ、宝石《ほうせき》を盗《ぬす》んだところで、警報装置《けいほうそうち》が鳴りだしてつかまってしまったんだ」

「すぐにつかまったのなら、宝石《ほうせき》を持っているはずなのにね」

「そこが問題なんだ」

また、ちあきが指を鳴らした。すると今度は、カバンがあらわれて、さらにその中身があらわれた。

「これが、つかまった時に横田《よこた》が持っていたもののすべてだ」

★ドライバー二本

★ガムテープ

★足ふみ式の空気ポンプ

★木でできたなにかの台

★金づち

「ドライバーや金づちは、金庫をこじ開けるための道具だよね。でも空気ポンプなんて、なにに使うつもりだったんだろう」

「もっとふしぎなことがある。横田《よこた》ナオユキは、ほんの二か月前までさいころ屋敷《やしき》で働いていたんだ。警報装置《けいほうそうち》のことを知らないはずがないのに、な」

「まるで、わざとつかまったみたいだ」

「わたしも、そう思う。なかなかするどいぞ、コウスケ！」

ちあきにほめられて、ぼくはちょっぴりうれしかった。

さいころ屋敷《やしき》の主人

翌日《よくじつ》、ぼくとちあきはさいころ屋敷《やしき》に行ってみた。もちろん、宝石《ほうせき》を取り返すかわりに、追い出さないでほしいとたのむためだ。

とっころが！　頭にくるんだよな、さいころ屋敷《やしき》の主人ってば。これがとってもシュミのわるい男で、全身金ぴかのネックレスやら、うで時計《どけい》、指輪なんかをつけているんだ。ぼくたちが宝石《ほうせき》を探《さが》すというと、いきなり大声で笑いだして。

「子どもの遊びにつきあってられるか！」

だって。ぼくたちが桜町《さくらまち》で起きたいろんな事件《じけん》を解決《かいけつ》したことを、知らないにちがいない。まぁ、ぼくたちというよりは、ほとんどちあきひとりが解決《かいけつ》したんだけどね。

「とにかく約束してください。宝石を取りもどしたら、ひなこさんの道場を今のままにしておくって」

「わかった、わかった。まったく警察《けいさつ》があてにならんばかりか、こんなガキまでが探偵《たんてい》ごっことは！　この町はいったいどうなってるんだ」

まぁ、頭にくる親父《おやじ》だけど、とりあえずは約束をしてもらったことだし、いいとしようか。ちあきちゃん、帰ろうよと言おうとしてふりかえると、彼女《かのじょ》は別の場所を見ていた。

「どうしたの？」

「あれ、窓《まど》のそばのペットボトル」

そこには、ノラ猫《ねこ》が入ってこないようにするための、水を入れたペットボトルがいっぱいならんでいた。

「ああ、あれならうちでもやっているけど」

「昨日《きのう》の朝、見たときは窓《まど》にびっしりとならんでいたはずだけど。でも今日はすきまがあいている。だれかが持っていったのかしら」

「まさか！　そんなもの盗《ぬす》んでいくドロボウなんているわけがないよ」

「それともうひとつ、気になることがあるの。この屋敷《やしき》の御主人《ごしゅじん》だけど」

「まったく、金ぴかシュミだよね。なに考えているんだか……」

「たぶん、あの人がつけていた時計《とけい》だけでも二千万円くらいするんじゃないかしら。そんな人が、いくら高いといっても、宝石《ほうせき》ひとつで大さわぎをするかな。賞金までかけて」

そういえば、親父《おやじ》も言っていたっけ。さいころ屋敷《やしき》の主人はあやしいって。宝石《ほうせき》そのものには保険がかけてあるから、たとえなくなってしまっても、損《そん》はしないのだそうだ。

「もしかしたら、この事件《じけん》にはもっと別のヒミツがあるのかも」

そう言ったきり、ちあきが考えこんでしまったんだ。

カオルの推理《すいり》

「この世に、わたしが解《と》きあかせないミステリーなどないのよ！」

いったい、どこからそんな言葉が出るのか、一度くわしく聞いてみたい気もするけど、コワイからやめておこう。ところで美少女探偵《たんてい》の小椋《おぐら》カオルさんは、どんな推理《すいり》をたてたのかな？（少《すこ》し、ぼくはヤケになっているのかもしれないナ……）

カオルは教室の黒板に、さいころ屋敷《やしき》のまわりのおよその地図を書いた。

「犯人《はんにん》が宝石《ほうせき》を持っていなかったのは、つかまる前にどこかにやってしまったということよ」

それは警察《けいさつ》でもかなりしらべたらしい。なにか箱のようなものに宝石《ほうせき》を入れて、屋敷《やしき》の外に投げすてたのではないか？　何十人もの警察官《けいさつかん》が、屋敷《やしき》のまわりを探《さが》しまわったけど、そんなものは見つからなかったんだ。

「ホ〜ッホッホ、コウスケばかりじゃなくて、父親もきわめつきのおバカさんみたいね」

これには頭にきた。

「たいせつなのは、横田《よこた》が持っていた空気ポンプよ！」

そう言ってカオルは、黒板に宝石《ほうせき》のへったくそな絵を描《か》いた。

「いいこと、どんなに力がある男でも、宝石《ほうせき》の入った箱をそれほど遠くには投げることはできないわ。けれどこうすれば、どう？」

宝石《ほうせき》の絵をかこむように、カオルは風船の絵を描《か》いたんだ。

「あっ！」

それこそクラス全員が、大きな声をあげた。

「ホ〜ッホッホ、これが横田《よこた》ナオユキのトリックよ。横田《よこた》は風船の中に宝石《ほうせき》を入れ、それから空気ポンプで風船をふくらませて飛ばしたのよ！」

ぼくはちょっとだけ、感心していた。たしかにカオルの推理《すいり》は当たっているように思えたんだ。するとちあきが、なんだかすまなそうな声で、

「あの………」

と、言った。

「あら、ちあきさん、この美少女探偵《たんてい》になにか用でもあるのかしら」

「あの……風船を飛ばすためには、空気よりも軽い水素とか、ヘリウムとかいったガスを入れなければならないんです。空気ポンプでいくら空気を入れても、風船は飛ばないんですけど」

「へっ……？？？」

カオル自身が、空気のぬけた風船みたいな顔をして、だまってしまった。

「ねえ、コウスケ君。お父さんに電話をして横田《よこた》がまだ、警察署《けいさつしょ》にいるかどうか、確《たし》かめてくれませんか」

ちあきがいつになく真剣《しんけん》な顔でそう言った。

犯人《はんにん》はお前だ！

夜。ぼくとちあき、それに谷川《たにがわ》ゲンキに小椋《おぐら》カオル、姫《ひめ》先生までそろって、学校の近くの雑木林《ぞうきばやし》に向かっていた。

「本当に横田《よこた》はやってくるの？」

ぼくが聞くと、いつものゴーグルをつけたちあきは、

「かならずやってくる」

そう言って笑った。横田《よこた》はこの日の夕方、警察《けいさつ》から釈放《しゃくほう》されていた。けっきょく宝石《ほうせき》が見つからないので、横田《よこた》は勝手に人の家に入った罪《つみ》で、かんたんにしかられただけですんだんだ。

ちあきが、手に持ったバッグからなにかを取りだした。それはペットボトルだった。ただし小さなつばさのようなものがついている。

「ペットボトルロケット。水と空気ポンプだけで、ものすごい距離《きょり》を飛ばすこ

とができるんだ」

「じゃあ、横田《よこた》はペットボトルロケットを使って」

「たぶん、さいころ屋敷《やしき》で働いているころに、窓《まど》のまわりのペットボトルの一本を、ロケットと取りかえておいたんだ」

「そしてポンプと発射台《はっしゃだい》をもって屋敷《やしき》にしのびこんで……」

「宝石《ほうせき》を飛ばして、あとで取りにくるつもりだったんだ。だとすれば、だれにも目立たない場所は、この雑木林《ぞうきばやし》しか考えられない」

「キイ〜、このわたしをさしおいて、推理《すいり》するんじゃな〜い！」

「しっ、いたぞ」

林の中で懐中《かいちゅう》電灯の光が動いていた。その時だ。

「そこまでだ、横田《よこた》！」

オヤジだった。

「やはり宝石《ほうせき》を取りにきたな。ずっとあとをつけていたんだ。今度は逃《に》がさないぞ」

そういって手錠《てじょう》を取り出すオヤジってば、少《すこ》しだけカッコよかった。

終わりよければ……

ただ今、ひなこさんの家でパーティーの真っ最中。あれからどうなったかって？　それがオドロキだ。じつは横田《よこた》が盗《ぬす》んだのは宝石《ほうせき》だけじゃなかった。宝《ほう》石《せき》が入っていた箱に、さいころ屋敷《やしき》の主人のヒミツが隠《かく》されていたんだ。くわしくはわからないけど、なにかの犯罪《はんざい》の証拠《しょうこ》になるものだったらしい。だからあんなにも必死になって、宝石《ほうせき》を取《と》り戻《もど》そうとしていたんだ。

というわけで、さいころ屋敷《やしき》の主人もタイホされ、ひなこさんの道場はぶじ続けることになった。そのお祝《いわ》いだ。もちろんクラス全員が集まっている。

「あのね、コウスケ君」

姫《ひめ》先生が手品をやっているさいちゅうに、ちあきちゃんが近よってきた。そして、

「ありがとう」

と言って、ほおにキスをしてくれたんだ。ヤッホ～イ！！！

ねぇ、きみのまわりでふしぎな事件《じけん》はない？　そんな時はいつでも相談にきてくれよな。ぼくたち『ちあき電脳探偵社《でんのうたんていしゃ》』まで。

じゃあ、またいつか!!

解説　名手の知られざるジュヴナイル

（ミステリ作家）芦辺《あしべ》　拓《たく》

一九九五年に『狂乱《きょうらん》廿《にじゅう》四《し》孝《こう》』で第六回鮎川哲也《あゆかわてつや》賞を受賞した北森鴻《きたもりこう》氏は、以《い》降《こう》、本格《ほんかく》ミステリを軸足《じくあし》としつつも、歴史・民俗《みんぞく》学・古美術など多方面への造詣《ぞうけい》や、デビュー以前からのライター経験《けいけん》を生かした取材力でもって、旺盛《おうせい》な作家活動を展開《てんかい》してこられました。

その著作《ちょさく》のうち単行本化されたものは、未完に終わった『暁英《きょうえい》　贋説《がんせつ》・鹿鳴館《ろくめいかん》』までで三十二冊《さつ》に上りますが、*うち二十冊近くを中短編《ちゅうたんぺん》集が占《し》めていることが示《しめ》すように、北森氏は短編の名手としても知られ、九九年には『花の下にて春死なむ』が第五十二回日本推理《すいり》作家協会賞の短編および連作短編集部門に輝《かがや》きました。

これは全四冊を数える〝香菜里屋《かなりや》〟シリーズの第一弾《だん》で、北森氏はほかにテレビドラマになった〝蓮丈那智《れんじょうなち》フィールドファイル〟をはじめ、〝旗師《はたし》・冬狐堂《とうこどう》〟や〝裏京都〟といった数多くの魅力《みりょく》あるシリーズを展開してこられました。そんな中、最も異色《いしょく》にして知られざる存在といえるのが、本書『ちあき電脳探偵社《でんのうたんていしゃ》』にまとめられた作品群《ぐん》でしょう。

　そして、最も貴重《きちょう》なシリーズと呼《よ》んでしまっても過言《かごん》ではないかもしれません。何しろ、これはミステリの達人であり、小説の巧者《こうしゃ》の名をほしいままにした作家・北森鴻が残した唯一《ゆいいつ》のジュヴナイル連作なのですから。

　江戸川乱歩《えどがわらんぽ》の〝怪人《かいじん》二十面相〟シリーズはあまりにも有名ですが、かつては多くの探偵作家が少年少女向けの作品を手がけ、ことに戦後の一時期は実に多くの作品が送り出されたものでした。残念ながら、そうした流れは、子供《こども》たちの興味《きょうみ》の中心が漫《まん》画《が》に移《うつ》り、雑誌《ざっし》から活字ページが減《へ》ってゆく中でしだいに縮小《しゅくしょう》してゆくのですが、変わらず発表の舞台《ぶたい》を提供《ていきょう》し続けてくれたのが、いわゆる学年誌・学習誌でした。

　この連作も、まさにそうした雑誌の一つ「小学三年生」（小学館）の一九九六年四月号から九七年三月号にかけて『ちあき電脳探てい社』の表題のもとで連載《れんさい》されました。全六話で、各エピソードは一号完結のものもあれば、二号、三号で一話のものもあり、内容的にも実にバラエティに富《と》んだものとなっています。挿絵《さしえ》は『宇宙賃貸《うちゅうちんたい》サルガッ荘《そう》』や『DON'T TRUST OVER 30』で知られる漫画家でイラストレーターのTAGRO《たぐろ》さんが担当され、小説そのものと相《あい》まって強い印象を残したことが、当時の読者だった人たちの声からも察せられます。

探偵役をつとめるのは、バーチャルシステムを駆使《くし》し、題名の通り電脳探偵として活躍《かつやく》する鷹坂《たかさか》ちあきと、同級生でワトスン役を引き受けるはめになった井沢《いざわ》コウスケのコンビ。彼らを中心に、桜町《さくらまち》小学校とその周辺を舞台にした物語は、いずれも子供たちの日常《にちじょう》と、そこから飛び離れた奇想《きそう》が絶妙《ぜつみょう》に組み合わされたもので、その軽やかな文体からしても、まさしく現代の少年探偵団というべきものになっています。

私《わたし》自身にも覚えがありますが、少年物を書くという作業は実に楽しいもので、自分の子供のときの読書体験や、ちょっとした冒険《ぼうけん》の思い出などをときにほろ苦く思い返しながら、今まさに子供の時間を生きている彼ら彼女らに伝えるのは、ほかの作品にない喜びがあります。その一方で難《むずか》しいのは、大人になり表現技術《ひょうげんぎじゅつ》はいろいろと覚えたものの、表現対象となる感性《かんせい》やらイマジネーションはごっそり失われてしまっていることです。

ことにミステリの場合、大人の読者が「なるほど！」とひざを打つような推理や解決は、子供たちを退屈《たいくつ》させ、キョトンとさせるだけかもしれない。そのかわり、大人の固くなった頭ではどうにも納得《なっとく》しかねる解答に大喜びしてくれるかもしれません。私などはとかく理屈《りくつ》に走りがちなのですが、北森氏は漫画原作も手がけたことがあるだけに、そのへんは巧《たく》みなものです。これ以上はミステリのことですから申し上げませんが、どうか十分にアタマをもみほぐしたうえでお読みになることをおすすめしておく次第です。

さて……ここにもう一つ、このシリーズが北森氏当人にとって、そして氏の作品を愛する読者《みなさん》にとってきわめて重要であり、必読であるという事情があります。それは、子供たちのはずむような声が聞こえてきそうな、この元気いっぱいな連作が書かれているとき、北森氏は作家としてきわめて苦しい時期にあったということです。ちあきたちの活躍が始まった九六年は、冒頭《ぼうとう》にも記した北森氏のデビュー翌年《よくねん》。筆力と意欲にあふれる氏が受賞後第一作に取り組み、これを書き上げたのと同時期のことと思われます。そして、（ご本人の直話によれば）それがゲラまで出た段階で、突如《とつじょ》白紙に戻されるという事態が起きたのもまた……。

この間の事情については、今もって公式な説明もなされていないようなので言及《げんきゅう》は避《さ》けますが、これが北森氏の門出に大きなつまずきをもたらしたことは間違いありません。何より筆一本で生計を立てていた氏にとって、多大の時間を費《つい》やして書き上げた作品に期待した収入が消え失せたことは、大変な痛手であったはずです。

そんな理不尽《りふじん》きわまりない窮境《きゅうきょう》にあって、唯一の救いとなったのがこの連作で、『パンドラ'Sボックス』（光文社文庫）に、北森氏自身の記したところでは、で、デビュー翌年の北森　鴻である。『ちあき電脳探てい社』は、このときの僕の唯一にして無二の定収入源だった。ライター時代からつきあいのあった小学館の編集者が、そこの学年誌――『小学三年生』だった――を紹介してくれたのである。

一回十枚の約束で、原稿料は一枚一万円。

ひと月十万円が新人作家・北森　鴻の定収入。

――とのことで、このシリーズが氏にとって貴重な生命線であり、コンスタントな発表の場でもあったことがうかがえます。とはいえ、単に紹介されただけで誌面《しめん》が提《てい》供《きょう》されたわけでは、むろんありませんでした。

当時、「小学三年生」の編集長であった本橋道昭《もとはしみちあき》氏は『ちあき電脳探てい社』が「非常にユニークな作品だったことは覚えている」と前置きしたうえで、次のようなお話をしてくださいました。

「北森さんの名は、編集部員から挙《あ》がったものと思う。部員のアンテナに引っかかってきたアイデアを編集会議でジャッジメントすることはあっても、編集長として部員に『これをやれ』とは言わないことにしていた。その場合の基準《きじゅん》は、一年間の長いタイムスパンでやるものだから、どんな作品をどんなコンセプトないし骨子《こっし》で、いかに面白く書いてもらえるか。それを、北森さんなら北森さんが直近に書いたものをもとに検討したはず。学年誌は作者の名前で売れるものではないからです」

こうした証言からも、『ちあき電脳探偵社』が、北森鴻という作家にとって、きわめて重要な意味を持つことがおわかりでしょう。この連作は氏の最初期を支え、その後の作家人生への橋渡しをつとめただけでなく、早くからその才能が認められていたことを示すものにほかならないからです。

いや、そんな小理屈はどうでもいいのでして、まずはこのにぎやかな子供たちと変てこな大人たち、それにいくつもの謎やらドタバタやらがおりなす物語をお楽しみください。そして、二〇一〇年一月にわずか四十八歳で逝《い》くことがなければ、きっとその先に広がっていただろう豊かな作品世界に思いを致《いた》していただけたとしたら、友人として作家仲間として、これに過ぎる喜びはないのです。

＊ファンサイト「酔鴻思考《すいこうしこう》」http://kitamori.nobody.jp/suikou.htm 所載《しょさい》の作品リストを参考にさせていただきました。

編集　光森優子
校閲　石飛是須

本書は、「小学三年生」（小学館）一九九六年四月号〜一九九七年三月号に
連載された「ちあき電脳探てい社」を一冊にまとめたものです。

著者紹介

北森　鴻（きたもり　こう）

1961年、山口県生まれ。駒澤大学文学部歴史学科卒業。編集プロダクション勤務、フリーライターを経て、95年、『狂乱廿四孝』で第六回鮎川哲也賞を受賞し、作家デビュー。99年、『花の下にて春死なむ』で第五二回日本推理作家協会賞を受賞。骨董や民俗学、料理や酒、明治初期の歴史など、広範な知識を生かし、端正な文章で綴られたミステリーで人気を博す。2010年1月25日、逝去。

PHP文芸文庫　ちあき電脳探偵社

2011年2月1日　第1版第1刷

著　者　北森　鴻
発行者　安藤　卓
発行所　株式会社PHP研究所
東京本部　〒102-8331 千代田区一番町21
文藝書編集部　☎03-3239-6251（編集）
普及一部　☎03-3239-6233（販売）
京都本部　〒601-8411 京都市南区西九条北ノ内町11
PHP INTERFACE　http://www.php.co.jp/
組　版　朝日メディアインターナショナル株式会社
印刷所　共同印刷株式会社
製本所　株式会社大進堂

落丁・乱丁本の場合は弊社制作管理部（☎03-3239-6226）へご連絡下さい。
送料弊社負担にてお取り替えいたします。

ISBN978-4-569-67596-1

PHP文芸文庫

アー・ユー・テディ?

加藤実秋 著

ほっこりを愛する女の子とあみぐるみのクマに宿ったオヤジ刑事。珍妙なコンビが心中事件の真相を探る! 爽快エンタテインメント作品。

定価六八〇円
(本体六四八円)
税五%

PHP文芸文庫

相棒

大政奉還直前に起こった将軍暗殺未遂事件。探索を命じられたのは、坂本龍馬と土方歳三だった……。異色のエンタテインメント時代小説。

五十嵐貴久 著

定価七八〇円
(本体七四三円)
税五%

PHP文芸文庫

大人になるということ

石田衣良 著

『池袋ウエストゲートパーク』をはじめとする小説作品の中から、心を揺さぶられる名フレーズを抜粋。恋に人生に悩むあなたに贈る珠玉の箴言集！

定価五〇〇円
（本体四七六円）
税五％

PHP文芸文庫

遠い国のアリス

今野 敏 著

信州の別荘を訪ねた少女漫画家・有栖は、現実とは似て非なる「異世界」に迷い込んでしまう。サスペンスあふれる展開が冴えるSF長篇。

定価五六〇円
（本体五三三円）
税五％

PHPの「小説・エッセイ」文庫
文蔵
2010.1
安部龍太郎
池永 陽
ヒキタクニオ
宮部みゆき
河合香織
小説で楽しむ「日本の未来」

PHPの「小説・エッセイ」文庫
文蔵
2010.8
津本 陽
宮部みゆき
朱川湊人
大倉崇裕
田牧大和
知識ゼロから「警察小説」を楽しむ

PHPの「小説・エッセイ」文庫
文蔵
2010.6
朱川湊人
宮部みゆき
池永 陽
中村彰彦
火坂雅志
「福井晴敏ワールド」を読み解く